KB193080

가는 아이

가는 아이

1판 1쇄   2022년 05월 22일

지은이   이정민
디자인   김영미
펴낸 곳   21세기 여성 (제 2019-000011호)
이메일   femme21c@naver.com, momenfall@naver.com
SNS   Instagram@21c_woman
ISBN   979-11-967046-3-6

가는 아이

이정민 지음

21세기
여성
도서출판사
write yourself

목 차

가는 아이

프롤로그

비가 오는 날이었다. 선생님의 심부름으로 마트에서 장을 보고 돌아가는 길에 갑자기 버스가 멈추었다. 승객들은 황급히 손잡이를 잡았다. 물건을 떨어트리거나 넘어지는 이도 있었다. 홍지는 좌석을 붙잡고 전면 창으로 시선을 옮겼다. 모두 사고가 난 건지 확인하려고 밖을 내다보았다.

내가 앉은 맨 뒷자리 창가로 버스의 측면 전조등이 보였다. 초저녁인데도 날이 흐려서 도로 멀리까지 빛이 번졌고 곧이어 누군가 버스 앞을 돌아 나오는 것이 보였다. 내가 소리를 지르니까 홍지가 내 쪽으로 다가왔다.

다음 차선으로 넘어가는 중이었다. 도로의 반을 건너 나머지 반으로 향하는, 자동차 한 대가 급하게 멈추지만 이미 그 앞을 지나가는, 택시와 오토바이가 뿜어내는 불빛에 비치는 가느다란 빗금을 맞으며 우산 없이 가는 여자가.

여자를 도로에서 쫓아내려고 차들이 경적을 울렸다.

홍지와 내가 무슨 말을 내뱉기 전에 버스가 출발했다. 기사는 승객들 모두에게 들릴 정도로 욕을 했고 곧 정류장 안내 방송이 흘러나왔다. 점차 사람들이 내리고 타면서 다시 평일 저녁 쯤의 평범한 퇴근길 풍경으로 돌아갔다. 우리는 동네에 도착했고 사 온 삼겹살을 선생님과 애들과 함께 복지관 옥상에서 구워 먹었다. 그달의 특식이었다. 밤에는 홍지가 체해서 화장실을 들락거리는 소리를 듣고 잠에서 깼다. 세수를 했는지 한참 만에 젖은 얼굴로 나타난 홍지는 자는 애들을 밟지 않으려고 조심하며 내게 다가

왔다. 그때까지만 해도 몸집이 큰 고등학생 언니들을 제외하고 쉼터에 머무는 애들은 한 방에서 이불을 깔고 잤다. 잠깐 거실로 나가자고, 홍지는 말을 하는 대신 내 볼을 건드렸다. 나는 홍지를 무시하고 뒤돌아 누웠다. 새벽까지 잠을 설치다가 깬 우리가 거실에서 나눌 얘기는 뻔했다.

우리는 오늘 우리가 본 것에 대해 말할 것이다.

그때 여자가 시야에서 사라지고 차들이 스쳐 지나가는데도 나는 창밖을 내다보고 있었다. 나 말고 여자를 목격한 승객들 역시 놀랐을 테지만 별다른 반응이 없었다. 모두 앉거나 선 채로 각자의 자리를 지켰다. 어느 순간 내 앞의 좌석이 비어서 홍지가 앉았다. 우리가 이곳에 함께 있다는 게 마음이 놓이는 동시에, 그래도 되는 건지 모르겠다고 생각했다. 지금 밖에 있는 누군가를 봤는데. 그가 비를 맞으며 도로를 건너가는데. 긴장으로 몸이 떨리는 걸 느끼면서 나는 무릎 위의 장바구니를 확인했다. 삼겹살 포장지에 적힌 제조 일자를 오래 들여다봤다.

나는 그 날짜를 여태 기억하고 있다. 이제 2년도 더 된 일이었다.

비가 올 때마다 쉼터 곳곳에서 쉰내가 나곤 했다. 항상 우리는 베란다의 건조대를 집 안으로 들여오고 보일러를 틀었다. 그러고는 다 같이 거실에서 숙제하거나 과자를 나눠 먹으면서 시간을 보냈다. 애들이 떠드는 동안 비가 잦아들면 홍지가 기다렸다는 듯이 텔레비전으로 지역 뉴스를 틀었다. 교통사고 소식을 전해 들으면서 홍지는 다른 애들이 채널을 바꿀 수 없도록 손에 리모컨을 꼭 쥐고 있었다. 홍지도 비가 오는 날이면 나처럼 그 여자를 떠올리는 걸까. 그의 안부를 확인하고자 하는 마음에 뉴스를 챙겨 보는 걸까. 별다른 소식이 없으면 어쨌든 오늘은 안심하고, 다시 내일이면 우리가 목격한 장면을 잊어버리고 일상을 살아가게 될 것이지만, 비가 쏟아지면 나와 홍지는 뉴스를 틀거나 인터넷 기사를 검색해볼 것이었다. 차 앞을 아슬아슬하게 지나가던 여자로부터 고스란히 전해진 불안과 걱정을 잠재우기 위해서였다. 나는 홍지가 그럴 때마다 힘이 들어간 그 애의 손을, 다만

잡아보고 싶었다. 곧 뉴스가 끝나고 홍지가 자리에서 일어섰다. 나는 온기가 남은 리모컨을 들어 텔레비전을 껐다. 창밖의 빗발이 거세어졌다. 다시 비가 쏟아지려는 모양이었다.

1

어렸을 때 나를 돌봐준 할머니가 당부한 것은 세 가지다. 고양이에게 친절할 것. 무엇이든 좋으니 악기를 배울 것. 할머니는 곁에 누군가 없다면 고양이와 함께 있으면 되고, 살아 있는 생물을 만나지 못하는 날에는 내가 혼자 노래라도 연주할 수 있기를 바랐다. 그렇게만 한다면 세상 어디든 살아가는 데 지루하지 않을 거라고 했지만, 막상 할머니가 내게 강조했던 건 마지막 당부였다.

당신을 할머니라고 부르지 말 것. 그래서 나는 순

미라고 불렀다. 이름을 부름으로써 우리는 친구인 듯 서로를 동등하게 대할 때가 있지만, 가끔은 남인 듯 서로에게 거리를 두고 있다고 느낄 때도 있었다. 가끔 나는 마음 내키는 대로 할머니라고 부르고는 다시 순미의 수수께끼 같은 당부를 듣곤 했다. 우리가 혈연으로 이어진 관계가 아니고, 내가 학교에 들어갈 나이가 되자마자 집을 떠나 쉼터에 입소했다는 것. 이 모든 일 때문에 순미는 나를 지나치게 걱정했지만 정작 나는 태연했다. 남들만큼이나 내 인생도 평범할 것이라는 이상한 믿음이 있었다. 나는 저마다의 사정은 모르지만 나 같은 애가 동네마다 다섯 명은 있다고 생각했다. 쉼터에 살고, 고양이를 좋아하고, 아니면 음악을 배워보고 싶은 애가 분명 나 말고도 많다고. 그렇게 혼자 이상한 위로를 얻었고 나는 염려할 게 없다는 것을 순미에게도 알려주고 싶었다.

열일곱이 되어 고등학교 입학을 기다리는 겨울방학이 찾아왔을 때였다. 언니들이 졸업하고 난 후의 쉼터는 적막했다. 선생님들도 일이 바빠서 우리가 알아서 자습하면서 시간을 보내기를 바라는 눈치였다.

이참에 나는 오래전에 순미에게 선물 받은 기타를 배워보자는 생각이 들었다. 거실 베란다에 쌓인 책과 오래된 문제집을 손에 잡히는 대로 펼쳐보고 치우다가 구석의 케이스를 찾아냈다.

며칠 동안은 기타를 치며 거실 쿠션에 등을 대고 있었다. 조율되지 않은 소리가 울리는데도 아무도 거실을 내다보지 않았다. 연말 때는 그랬다. 생활 지도가 평소보다 느슨해졌지만, 휴대폰 사용 시간을 늘려달라거나 자유 시간을 더 달라고 조르는 애들이 없었다. 모두 각자 방에서 지냈고, 그 중 해미 언니는 어른들의 말대로 세미나실이 있는 아래층으로 내려가서 자습하기도 했다.

올해가 지나간다는 건 그만큼 각자의 디데이가 줄어든다는 의미였다. 언니들이 나간 뒤로, 이제 쉼터에서 가장 나이가 많은 해미 언니는 퇴소 날을 늦추기 위해 대학에 입학하기로 했다. 대학생이 되면 이곳에 더 머무를 수 있었다. 해미 언니는 어렸을 때 집을 나와서 여러 보호소를 돌아다녔기 때문인지 한 곳에서 오래 지내고 싶어 했다. 반면 초등학교 6학년이 되는 소라와 진희는 지켜야 하는 생활 규정이 없는 곳으로 떠나고 싶어 했다. 쉼터에 남아 있으려고 하는 쪽도, 하루라도 빨리 나가고 싶어 하는 쪽도 이맘때가 되면 왠지 모르게 말이 없어졌다. 특별한 일이 아니면 서로를 건드리지 않는 분위기였다.

세탁기가 돌아가고, 냉장고 모터가 작동하는 소리가 들렸다가 다시 잠잠해지고, 해미 언니가 끼니때마다 위층으로 올라오고, 소라와 진희가 종종 방에서 나와 물을 마셨다. 변기 물 내려가는 소리도 들렸다. 청소 문제로 여러 번 다투었던 화장실과 거실도 순조롭게 당번이 돌아가며 일정한 냄새와 습기를 유지했다. 현관에서 신발을 벗을 때마다 누군가 겨울잠을 자고 있는 동굴 입구에 들어서는 것처럼 쉼터는 고요했고 어딘가 모르게 사람을 멍한 상태로 만들었다. 외투를 벗지 않고 그대로 침대에 누워 잠드는 날도 있었다. 자고 일어나도 또 자고 싶었다.

나는 항상 일 년을 주기로 내가 이사 가는 날을 생각하곤 했다. 곧 3년을 채우게 되니까 내년이 이곳에 머무르는 마지막 해가 될 것이다. 장기 쉼터라고 해도 머물 수 있는 기간이 정해진 곳이 많았다. 선생님들은 순미와 이미 이야기를 마쳤는지, 내가 할머니의 뜻대로 여기서 가까운 시내의 쉼터로 이사 가게 될 예정이라고 했다. 이곳보다 거주 학생 수가 훨씬 많고, 이층 침대가 아닌 방마다 개인 침대가 따로 구비되어 있는 곳이었다. 아직 한 자리밖에 협의되지 않았기 때문에 나와 비슷한 시기에 퇴소하는 홍지도 같이 갈 수 있을지는 모르겠다고, 영서 쌤은 내게만 조심스레 덧붙였다.

홍지도 내년에 이사를 간다는 것을 새삼스럽게 깨달았다. 나는 홍지와 입소한 날이 같다는 걸 알았지만, 그 애가 나보다 먼저 떠난다고 생각했다. 내가 가는 것보다, 홍지가 나를 두고 가는 게 자연스럽게 느껴졌기 때문이었다. 홍지는 일과 중 자유시간이 되면 무조건 밖으로 나갔다. 늦가을부터 입고 다니는 패딩과 카키색 목도리를 두른 채였다. 내가 날이 춥다고, 비가 온다고 알려 주려고 현관을 내다보면 이미 가고 없었다. 홍지는 쉼터의 정적을 견디기 힘들어서 밖을 나도는 것일지도 몰랐다. 우리가 내년에도 쉼터에서 서로를 지겹도록 마주하며 살아야 한다는 것에, 모두 각자의 방식으로 마음의 준비를 하고 있는 시기라고 생각했다. 나는 빈 위층 침대를 살펴보고는 노트북을 켰다.

거실에는 학습용으로 구비해 놓은 노트북이 한 대 있었다. 나 말고 누군가 사용한 모양인지 웹페이지 로그인이 되어 있었다. 아이디를 보니까 홍지였다. 검색 내역이 남아 있어서 확인해보려다가 그만두었다. 노트북이 낡아서 기타 강습 동영상이 자주 끊겼는데도 답답하게 느껴지지 않았다. 아직 시간은 많았다. 오늘. 내일. 다음 주. 다음 달. 내년 3월까지 이어지는 겨울 방학 디데이는 한참 남았다. 내가 태어나서 맞은 가장 긴 방학이었다. 선생님은 우리가 추울까 봐 자주 보일러 온도를 높였다. 기타를 조율해서 첫소리를 들어보는 동안에도 발이 따뜻했다.

2

"우진아, 이거 들고 가."

영서 쌤이 손가방에 넣은 물병을 건넸다. 원래 물을 끓이는 건 내가 해야 하는 일이었지만 새벽까지 뒤척이다가 늦게 깬 날에는 선생님이 챙겨주기도 했다. 쉼터의 생활 지도는 영서 쌤 담당이었다. 이미 아침 식사 준비가 시작되었는지 부엌에서 밥 짓는 냄새가 났다. 나는 비닐봉지에 소분해서 담은 사료를 챙겨서 집을 나섰다. 아침 식사 전까지는 돌아와야 했다.

손가방을 어깨에 둘러메고 복지관을 빠져나가서 낡은 양옥들이 모여 있는 주택가로 향했다. 겨울이었지만 아침에는 의외로 온도가 높다는 걸 이곳을 오가면서 알았다. 바람은 매서웠지만 떠오른 해가 내 등을 비춰주었다. 대문이 열린 집을 지나칠 때마다 안을 훔쳐보기도 했다. 대부분 텅 빈 화단과 마당이 보였지만 간혹 현관 계단에 젖은 운동화를 세워놓은 집이 있었다. 차갑게 마른 신발을 신고 길을 나서는 누군가를 생각할 때면, 괜히 나도 걸음 속도가 빨라졌다. 해미 언니와 같이 갔던 해수탕을 지나서 비타 슈퍼 앞의 오른쪽 샛길로 올라가면 공터가 나왔다. 이 시간이면 아무도 없었다.

정자나무 주위로 벤치가 놓여 있었다. 나는 어제 놓아둔 사료 그릇을 확인했다. 그릇이 빈 것을 확인하자 참았던 숨이 터져 나왔다. 입안으로 들이차는 공기가 서늘했다. 물을 따라 놓은 통에는 간밤에 남은 물이 얼어 있어서 가방에서 보온병을 꺼내 온수를 따랐다. 얼음을 깨고 아침밥을 새로 채우는 사이, 정자나무를 지나 고양이가 다가왔다. 오늘은 검은 고양이가 첫 손님이었다. 고양이는 가까이 오지 않고 주변을 어슬렁거리다가 내가 물러서자 그제야 걸어와 밥을 먹기 시작했다.

나는 몇 발짝 뒤에 서서 검은 고양이를 지켜보았다. 검은 고양이는 사람으로 치면 아마 나이가 지긋한 할아버지일 것이다. 등의 털이 옅게 바랬고, 다른 고양이들에 비해서 움직임도 느렸다. 평균 수명을 생각했을 때 십 년 남짓한 오랜 시간 동안, 검은 고양이는 아마 나보다 더 많은 길을 걷고, 많은 이를 만나봤을지도 모른다. 하지만 지금은 아침마다 내가 챙겨주는 밥을 허물어 먹고 천천히 나를 지나쳐가곤 했다. 검은 고양이뿐만 아니라 이 동네 길고양이들은 대부분 내가 만든 배급소를 찾아왔다. 모두 겨울이라서 먹이를 구하는 게 힘든 모양이었다.

그중에 단골손님을 만나면 아는 친구라도 만난 것처럼 반가웠지만, 고양이들은 날이 추워질수록 길에서 버티기가 힘든지 나를 경계했다. 사람 손을 타면 위험해질 수 있다는 말을 들은 뒤로 나 역시 멀리서 상태만 살피곤 했다. 서로를 조심하는 것이, 서로에게 익숙해지는 것보다 훨씬 안전했다.

어느새 나타난 치즈 고양이가 검은 고양이에게 다가가는 것이 보였다. 치즈 고양이는 오늘도 먼지를 뒤집어쓴 채로 털이 엉망이었다. 아무래도 잠자리가 시원찮은 모양이었다. 아니면 스스로의 몸을 신경 쓰는 게 귀찮은 것일 수도 있다. 나도 그랬던 적이 있었다. 일주일 동안 머리를 감지를 않고, 세수도 하지 않고 온종일 누워서 휴대폰만 들여다봤던 적이. 그땐 이유 없이 씻기가 싫었다. 자연스럽게 학교 친구들과도 멀어졌고 나는 영서 선생님의 권유로, 그때 다이어트 중이었던 선생님과 퇴근 후에 함께 밤마다 복지관 주위를 뛰기 시작했다. 그러면 온몸이 땀으로 젖었다. 샤워하고 나면 휴대폰을 들여다볼 새도 없이 곧바로 잠이 쏟아지곤 했다.

마지막 손님은 엄마와 아기고양이였다. 나는 고개를 들어 그릇에 사료가 충분히 남았는지를 확인하고는 아기 고양이를 살폈다. 얼마 전부터 원래 두 마리였던 아기가 한 마리밖에 보이지 않았다. 사고라도 당한 건 아닌지 걱정되던 참이었다. 요즘에는 도로에서

속이 터진 채 뒹굴고 있는 쓰레기 봉지만 봐도 놀라서 멈춰 섰다. 치였거나, 떨어져서 숨이 멎은 채로 발견되는 조그마한 형체가 내가 아는 무늬와 색을 가졌을까 봐 불안해졌다.

물론 길고양이들에게 일어나는 일을 내가 전부 책임질 수 없다는 것을 알고 있다. 길에서는 좋은 일보다 위험한 일이, 고양이에게 너그러운 상황보다 너그럽지 않은 상황이 더 많을 것이다. 하지만 그렇기에, 길고양이는 아무에게도 길들지 않아. 순미는 위로한답시고 나에게 그런 말을 한 적도 있었다. 담벼락 위를 걸어가는 고양이를 볼 때마다 위태로운 기분이 들었지만, 그 애들은 언제나 유연하게 땅으로 뛰어내리거나 수풀 너머로 사라졌다. 간밤의 안부를 걱정하면서도 공터에서 마주친 얼굴이 태연해서 마음이 놓이는 날도 있었다. 우리의 눈 맞춤은 오늘도 서로가 무사하다는 인사였다.

배가 부르다는 듯이 나른하게 하품하는 엄마 고양이를 지켜보고는 공터를 내려가기 시작했다. 더 머물고 싶었지만 나 역시 아침을 먹으러 가야 했다. 영서 쌤은 우리가 밥을 거르면 큰일이라도 난 것처럼 잔소리를 했다. 그 마음을 이제 나도 알 것 같았다. 빠르게 걸음을 옮겼다. 내가 늦게 도착하면 소라와 진희도 눈치를 줬다. 내가 쉼터에 사는 이들 중에 마지막으로 식탁에 앉는 날에는 소라가 내 수저만 짝이 안 맞게 놓아두거나, 진희가 자기도 일찍 일어나서 외출하고 싶다는 말을 꺼내는 식이었다.

소라와 진희는 내가 고양이를 챙겨주려고 외출하는 것마저 부러운 것 같았다. 나는 선생님들에게 허락을 받아 이른 아침에 나가는 게 가능했다. 대신 주어진 시간은 30분 정도였고, 아침을 먹기 전까지는 무조건 돌아와야 했다.

동생들은 정말 몰라서 그러는 걸까? 그 애들의 바람대로 쉼터에서 외출해도 30분이면 걸어서 산동네 정상까지 가보지도 못했다. 마을버스를 탄다고 해도 시내 근방을 벗어나지 못했고, 큰길로 곧장 나가 지하철을 탄다고 해도 겨우 다섯 역을 지나치지 못했다. 지금도 내게 30분은 배급소를 더 늘리고 싶은데 참아야 하고, 내 존재가 익숙해져서 경계가 풀린 고양이들에게 한 발짝 다가갈 수 있는데도 멈추고 뒤돌 아서는 것을 뜻했다. 이건 힘껏 달려보지만, 신발 끈 이 풀린 채로 뛰는 것과 다름없었다.

나뿐만 아니라 홍지도 외출을 하면 정해진 시간 안에 돌아와야 했다. 무단 외출이나 외박을 하면 쉼 터에서 가장 높은 감점을 받았고, 상황에 따라 곧바 로 퇴소 처리로 넘어가는 경우도 있었다. 홍지는 진희 의 불평이 길어질 때마다 밥 좀 조용히 먹자고 말했 다. 동생들은 나보다 홍지를 어려워하니까 그쯤이면 입을 다물었다. 원래 내 편을 들어주는 것은 해미 언 니였지만, 언니는 아침이면 유난히 힘들어했다. 잠이 덜 깨서 밥도 먹는 둥 마는 둥 하는 해미 언니를 대신 해 홍지가 나서는 건, 나를 위해서가 아니었다.

홍지 역시 30분의 외출은 별 의미가 없다고 생각 하는 것 같았다. 이쯤에서 나는 쓸데없이 궁금해지곤 했다. 그 시간 동안 홍지는 집을 벗어나 어디까지 갈 수 있을까. 홍지는 달리기를 잘했고, 한번 뛰면 숨이 차오를 때까지 멈추는 법이 없었다. 홍지처럼 쉬지 않 고 곧장 달리면 시내를 벗어나고 지하철역을 지나 멀리 갈 수 있을까.

내뱉은 입김으로 시야가 흐려졌다. 출근하는 사람들이 집에서 나와 골목을 내려갔다. 그들 틈에 섞이거나 멀어지면서 집으로 돌아갈 때, 나는 열일곱 살이 되면 하고 싶은 것을 떠올렸다. 고작 나이 한 살 먹는다고 해서 변하는 게 없다는 걸 알면서도, 열일곱 살은 내게 특별하게 느껴졌다. 열일곱이 되면 새로운 학교를 다니고 새 교복을 입어야 했다. 나는 열일곱이 되면, 더는 할머니의 걱정과 간섭에 휘둘리고 싶지 않았다. 열일곱이 되면, 내 돈, 내 시간, 내 것이라고 할 만한 게 늘어났으면 했다. 열일곱이 되면 아르바이트를 하고 싶었다. 열일곱이 되면 또.... 멀리서 복지관 건물이 보일 때면 나는 아침에 맡았던 밥 냄새가 떠올라 뛰기 시작했다.

아침을 먹은 후에 나는 침대로 들어가서 웹툰을 보다가 잠이 들었다. 영서 쌤은 우리를 살펴보고는 곧바로 복지관으로 내려가 출근했고, 모두 각자의 시간을 보내느라 쉼터는 조용해졌다. 정오가 지나 눈을 뜨면 홍지가 쓰는 위층 침대는 어김없이 비어 있었다.

새해가 지나서 나는 다짐대로 선생님들에게 보호자 동의서를 받아 아르바이트 면접을 보러 다녔다. 그동안 쉼터에서 지냈던 언니들 중에서도 고등학생 때부터 아르바이트는 시작한 사람이 없다고 들었다. 용기를 낸 거였다. 살다 보면 용기를 내는 것 말고는 이 시기를 끝낼 방법을 없을 때가 있다. 학기가 시작되고 마침내 동네 카페에서 주말 오픈 조로 일하게 되자, 이 소식을 듣고 말을 보탠 이는 진희도 소라도 아니었다.

"네 마음대로 그래도 돼?"

선생님을 설득하는 데 애를 먹었던 터라 웬만한 공격에는 충분히 대꾸할 수 있었다. 하지만 홍지는 인상을 구긴 채로 더는 아무 말이 없었다. 내가 길고양이를 챙겨주든 말든, 기타를 치든 말든, 신경 쓰지 않던 애가 지금은 내가 상의 없이 결정을 내린 게 서운한 것처럼. 서로의 마음에 지분이라도 있는 것처럼. 내가 대답하기도 전에 이미 홍지는 방을 나가 문을 닫아버렸다.

3

"이거 마시고 해."

바나나 우유 다섯 개. 순미는 가끔 카페에 들려서 간식을 챙겨주었다. 같이 일하는 대학생 언니가 마침 목이 말랐다며 우유를 들이켰지만, 나는 나중에 먹겠다며 냉장고에 넣었다.

"우유는 여기도 많아."

"그래? 그럼 요거트 갖다줄게. 이번에 새로 나온 게 있거든."

내가 일하는 모습을 순미가 들여다보는 게 싫어서 눈치를 주는데도, 순미는 아무렇지 않게 대답하며 창가에 기댄 몸을 일으켰다. 매장 내부가 협소해서 주로 카운터 옆에 뚫린 커다란 창문으로 주문을 받았다. 손님에게 방해가 될까 봐 순미는 간식만 내려놓고 곧바로 전동 카트에 올라탔다. 그럴 거면 안 와도 되었다. 간식은 쉼터에 정기적으로 갖다주는 것만으로도 충분했다. 순미가 저번 주에 챙겨준 요구르트도 아직 다 먹지 못해서 그대로 남아 있었다. 언니가 떠나려는 순미를 불렀다.

"사장님이 커피 한 잔 드리라고 했어요."

순미는 방금 내린 따뜻한 커피를 받아 들었다. 카페를 차릴 때 사장님은 순미에게 동네 사정에 대해 조언을 구하며 장사를 시작했다고 했다. 순미는 내가 태어나기 전부터 프레쉬 매니저로 일했고, 동네의 대부분의 이들과 친분이 있었다. 순미는 쓰고 있던 선캡을 올리고 천천히 커피를 마셨다. 드러난 얼굴은 쌍꺼풀이 없는 눈과 둥근 코, 내려간 눈썹이 순해 보이는 인상이었지만 그에 비해 눈동자가 또렷했다. 바람이 불어 순미의 머리카락이 흩날렸다. 순미는 세어버린 회색 머리카락을 염색하지 않은 채 단발을 고수해왔다. 순미는 컵을 돌려주며 고맙다고 인사했다. 나는 순미가 동네를 부지런히 돌아다니며 일하기 때문이 아니라, 근사하게 웃기 때문에 이 부근에서 당신을 모르는 이가 없을 거라는 생각을 할 때가 있었다. 언제부터 그런 얼굴을 갖게 되었을까. 역시 내가 태어나기 전에? 아니면 엄마가 태어나기도 전에, 이 동네가 생기기도 전에? 그러면 반세기는 족히 넘었을 정도로 오래되었을 것이다.

순미가 탄 전동 카트가 출발했다. 순미는 유니폼 때문에 사람들 사이에서도 눈에 띄었다. 나는 어렸을 때부터 순미의 유니폼이 변할 때마다 계절이 바뀐다는 것을 알아차렸다. 순미가 긴팔 외투를 벗고 하늘색 셔츠를 입으면 봄이 왔다는 거였다. 순미가 향하는 길목부터 벚나무들이 서 있었다. 조만간 순미가 가는 방향으로 꽃이 핀다.

순미는 동네의 모든 곳을 지나치고, 어디든지 멈춰 서서 우유를 배달하고 사람을 만났다. 먹을 것을 챙겨준다는 이유로 쉼터에도 찾아와 나를 살펴보곤 했다. 순미는 여전히 나를 걱정하고, 나에게서 눈을 떼지 않았다. 내가 길고양이를 대할 때와 비슷했다. 나는 길고양이가 밥을 먹지 못할까 봐, 사고를 당할까 봐 신경 쓰고 그들이 내 시야를 벗어나 멀리 떠나지 않기를 바라면서도, 그들을 책임지지는 않았다.

순미는 내 고등학교 생활이 어떤지, 성적과 친구들과 쉼터에 대해서는 물은 적이 없으면서 내 이마에 난 여드름은 한 번씩 짚어주었다. 이마에 버튼 생겼어. 웃음을 참지 못하는 할머니에게 나는 안다고, 나도 알고 있다고 대답하곤 했다.

"어? 분명 다 드신 것 같았는데."

나는 언니의 말에 고개를 들었다. 언니가 이상하다는 듯이 순미가 놔두고 간 컵에 남은 커피를 살펴보았다. 입에 댄 흔적 없이 처음 상태 그대로였다. 나는 얼른 내가 정리하겠다며 컵을 건네받았다. 나는 이때까지 순미가 무언가를 먹는 것을 본 적 없었다. 순미는 사람들과 달리 음식을 섭취하지 않아도 생을 유

지하는 데에 지장이 없었다. 그런데도 남들이 주는 것을 거절하지 않고 받을 때가 많았다. 이미 오랜 경험으로 순미는 사람들과 섞이는 법을 나보다 더 잘 알고 있었다. 나는 뜨거운 김이 올라오는 커피를 한 모금 마시고는 개수대에 흘려보냈다.

한가한 시간이 지나가자 손님들이 몰려왔다. 아파트 상가에 위치한 매장이라서 하루에도 여러 번 갑자기 주문이 많아지곤 했다. 잠깐 숨을 돌리는데 교복을 입은 진희가 아는 척도 없이 들어와서 메뉴판을 들여다보았다.

"언니, 아아 두잔 줘. 선생님 심부름이야."

고개를 끄덕이고는 포스기에 주문을 넣었다. 쉼터 선생님들이 평소에도 자주 커피를 마신다는 것을 알고 있었다. 카페에서 일하게 되었을 때도 영서 쌤은 내가 만드는 커피를 마셔볼 거라며 호들갑을 떨었다.

"그리고...카페모카 달게 해 줄 수 있어?"

진희라면 에이드를 시킬 줄 알았는데. 이때까지

커피 메뉴를 정독한 모양이었다.

"응. 초코 시럽 더 넣어줄게."

진희는 가방을 내려놓고 의자에 앉았다. 언니가 컵에 얼음을 채웠고 나는 시럽을 넣은 우유와 에스프레소 샷을 섞었다. 휘핑크림을 높게 올리고 빨대를 꽂아 건네자 진희는 완성된 카페모카를 휴대폰으로 사진을 찍었다. 내가 신경 써서 만든 걸 좋아하는 눈치였다.

분명 진희라면 일하는 나를 보려고, 선생님들의 커피를 자기가 사러 가겠다고 말했을 것이다. 내가 하는 모든 일에 진희는 부러움을 표현할 때가 있지만, 사실 그만큼 내게 관심이 있다는 거였다. 오늘도 진희는 나를 보러 여기까지 찾아와서 내가 만든 커피를 마시고 있었다. 쉼터에서 오래 알고 지낸 만큼, 진희는 나름대로 나를 신경 써주는 것 같았다. 순미가 나를 쉼터에 맡기고 처음으로 우유를 챙겨주려고 찾아왔을 때도, 진희는 내 손을 잡고 떨어지지 않았다. 우진 언니, 저 사람 누구야? 언니 할머니야? 나는 빨대를 빼고 카페모카를 쭉 들이켜는 진희를 바라보았다.

"이거 한 잔 더 만들어 줄 수 있어? 소라 갖다주게."

진희는 맛있는 걸 먹으면 소라가 생각나는 것 같았다. 소라는 우리 중에, 그러니까 해미 언니와 나와 진희, 홍지를 포함한 쉼터에 사는 이들 중에 가장 늦게 입소했다. 유일한 동갑내기였던 진희와 소라가 자연스레 방을 같이 쓰게 되었고, 그때부터 진희는 나를 따라다니는 대신 둘이 붙어 다녔다. 진희처럼 내게도 맛있는 걸 먹으면 생각나는 애가 있었다. 함께 나눠 먹고 싶은 애가 있었다. 나는 다시 커피를 내리기 시작했다. 진한 커피 향이 매장 안을 감돌았다.

카페 문을 여는 일을 했기 때문에 언니보다 내가 퇴근 시간이 빨랐다. 진희가 간 뒤로 서서히 창밖이 어두워지기 시작했다. 언니는 내게 저녁을 먹고 갈 건지 물었다. 사장님은 아르바이트생들의 저녁으로 김밥을 사다 주거나, 근처에서 간단히 사 먹을 수 있게 돈을 주곤 했다. 내가 저녁 시간 전에 퇴근하는 데도 사장님은 매번 내 몫까지 밥을 챙겨주었다. 가족 대신 선생님들의 이름이 적힌 동의서를 건네주었을 때도 별다른 이유를 묻지 않았다. 이때까지 면접을 본 다른 곳의 사장님들과 달랐다. 나는 퇴근 준비를 하며 유독 배가 고픈 날이면 언니와 저녁을 먹었지만, 다른 날은 괜찮다며 카페를 나섰다. 때에 따라 호의를 거절하는 날도 있어야지 왠지 마음이 편했다.

언니가 사장님이 두고 간 카드를 챙겼다.

"편의점에 도시락 사러 갈 건데. 너는?"

"전 집에 가서 먹으면 돼요."

언니는 같이 나가자고 했다. 옷을 갈아입고 가방을 메는데 갑자기 커피 주문이 들어왔다. 곧이어 손님들이 매장 안으로 들어왔고 언니는 음료를 만들기 시작했다. 나는 도울 일이 없는지 둘러보다가 조리대에 놓은 카드를 대신 챙겨 저녁을 사 오겠다고 했다. 카페 앞의 횡단보도만 건너가면 편의점이 있었다.

가는 도중에 시선이 닿은 골목길에서 여자애들이 모여 휴대폰을 보며 웃는 것이 보였다. 가로등 불빛에 그들의 얼굴이 노란빛으로 보였다. 전봇대에 기대 있던 한 명이 조용히 하라고 눈치를 줬지만, 계속해서 장난치고 떠들 뿐이었다. 편의점으로 들어가서 도시락을 고르는데 남자 두 명이 술을 사는 것이 보였다. 얼른 도시락을 사고 그들을 따라나섰지만 이미 골목길에는 아무도 없었다. 불씨가 남은 담배꽁초가 땅에 떨어져 있었다. 나는 골목 안쪽으로 이어지는 길을 살펴보았다. 그들의 말소리가 들려오면 따라갈 생각이었지만 조용했다.

시끄러운 여자애들과 술을 산 이들이 일행이라는 것을 알고 있었다. 홍지가 그들과 어울리는 걸 봤으니까. 그들 중에는 우리와 동갑이 아닌 한참 나이 많은 선배와 같은 학교가 아닌 여자애들도 섞여 있었다. 그런데도 홍지는 모두 친구라고 했다. 걔네랑 있으면 진짜 정신없어. 웃으며 한 말 그대로 홍지는 그들과 노느라 바빠서 가끔 내가 무리 속에 있는 홍지를 지켜보고 있다는 것도 몰랐다.

나와 홍지는 필요할 때가 아니면 밖에서 서로에게 말을 걸지 않았다. 우리는 중학생 때부터 같은 학교에 다녔지만 한 반이 된 적은 없었다. 각자 친하게 지내는 친구가 달랐고 성격도, 성적도 달랐다. 우리의 유일한 공통점은 함께 산다는 것이었다. 학교 선생님이 알게 되는 상황을 제외하고, 홍지는 이 사실을 굳이 남들에게 얘기하지 않았다. 하지만 나는 홍지에게서 눈을 떼지 않았다. 나는 복도에서 아무렇지 않게 나를 스쳐 지나가거나, 길거리에서 마주쳐도 별 내색하지 않는 홍지를 빤히 바라보는 식으로 경고하곤 했다. 언제까지 나를 모른 척 할 수 있는지 두고 보자는 마음이었다. 나는 순순히 홍지의 비밀이 되어주지 않을 것이다.

'저기 안경 낀 애가 너 보는데?'

나와 눈 마주친 애가 홍지에게 말을 전하는데도, 홍지는 뒤돌아보지 않고 계속해서 친구들과 이야기를 나눌 뿐이었다. 나를 부담스러워했고, 친구들이 내게 관심을 가질까 봐 나를 피하는 것 같았다. 퇴학 처분을 받은 애들도, 우리 복지관으로 봉사를 하러 오는 애들도 전부 홍지의 측근이었다. 학교에서는 홍지 무리를 향한 뒷말이 끊이지 않았다. 늘 시끄럽게 떠들고 몰려다니며 교내 분위기를 흐린다고. 전교생 모두 관심을 가지면서도, 한 편으로는 유치하다고 생각한다고. 어느 학교나 그런 애들이 있고, 생각 없이 놀다가도 분명 졸업하고 나서 후회할 게 분명하다고. 자기 손해고 자기 잘못이니까 결국 벌을 받아야 마땅한 애들. 그런 애 중에 홍지가 속해 있었다.

시내는 오가는 사람들로 시끄러웠다. 홍지의 무리가 자주 다니는 번화가 쪽으로 돌아서 걸으며 주변을 둘러보았지만 아는 얼굴이 한 명도 보이지 않았다. 퇴근하고 늦게 몰려든 이들 때문에 식당들도 분주해 보였다. 곳곳에서 새어 나오는 불빛을 지나치며 횡단보도를 건넜다. 곧바로 카페 문을 열었다. 다리를 꼬고 앉아서 휴대폰을 보던 애가 고개를 들었다.

"야, 어디 갔었어. 너한테 주문하려고 했는데."

나는 홍지를 지나쳐서 사 온 도시락을 내려놓았다. 언니는 커피를 내리고 있었다. 나는 그 향을 맡으며 언니 손의 움직임을 몇 초 동안 바라보았다.

"뭐 주문했는데."

내가 묻자 홍지는 기지개를 켰다.

"바닐라라테."

홍지가 그 애들이 아니라 내게 왔다는 게 마음이
놓이면서도 화가 났다. 걱정한 것에 비해서 오늘도 홍
지는 아무렇지 않게 내 앞에 나타났다.

"퇴근하는 거지? 같이 가자."

내가 가방을 메자 홍지가 따라 일어섰다. 나는 대
답하지 않고 언니에게 인사했다. 언니는 뭐가 웃긴
지, 우리를 쳐다보다가 이내 손을 흔들었다. 카페를
벗어나 버스 정류장을 지나가는 데 홍지가 나를 부
르고는 벤치에 주저앉았다. 뒤돌아보니 홍지의 무릎
에 파스가 붙여져 있었다. 어렸을 때부터 홍지는 다리
나 팔에 자주 멍이 들었는데, 밖을 돌아다니며 자신
도 모르는 새에 어딘가에 부딪히는 것 같았다. 무릎이
아파서 멈춘 것은 아니었다. 홍지는 나를 따라오느라
아직 라테를 한 모금도 먹지 못했다. 내가 다가오자

홍지는 빨대로 라테를 저어 들이켰다.

"맛있어?"

아까보다 화가 가라앉아서 나는 홍지 곁에 앉았다.

"응. 괜찮네."

홍지는 문득 미소를 지었다.

그럼, 또 와. 다음에는 내가 만든 걸 먹으러 와.

나는 입 밖으로 말을 꺼내지 못하고 건너편 차도로 시선을 옮겼다.

"너도 마셔볼래?"

내가 아무 대답이 없자 홍지는 다시 빨대를 물었다. 버스가 멈춰 섰다가 출발했다. 나는 홍지가 다 마실 때까지 기다렸다. 바람이 부는데도 춥지 않았다. 지난겨울, 아침마다 공터를 오르며 느꼈던 매서운 바람도 힘이 약해졌다. 홍지가 든 컵 때문에 공기에 커피 향도 섞였다. 내가 카페에서 일하고 싶었던 건, 그

앞을 지나갈 때마다 커피 향을 맡는 게 좋았기 때문
이었다. 하지만 내가 그렇게 말했을 때 사장님은 일하
다 보면 그 냄새부터 지겨워질 거라며 웃었다. 홍지가
빈 컵을 내려놓았다. 가자. 내가 피곤한 걸 눈치챈 모
양이었다.

풀린 신발 끈을 묶으려고 몸을 숙이는데 가방이
앞으로 쏟아지려고 했다. 중심 잡기가 어려워서 다리
가 후들거렸지만, 곧 괜찮아졌다. 홍지가 뒤에서 가방
을 들어 주었다.

"좀 가볍게 하고 다녀."

내가 넘어지지 않게 홍지가 힘을 주고 있었다.

친구들 또한 내 가방을 들어 볼 때마다 무겁다고
했다. 나는 쓸 일이 없어도 소지품을 많이 챙겨 다니
는 편이었다. 다 쓴 볼펜도 가방 앞주머니에 넣어두었
다. 볼펜을 쓰다 보면 특히 마음에 들고 애착 가는 것
이 생겼고, 그러다 보면 잉크를 다 써도 아무 곳에나
버리고 싶지 않았다. 신발 끈을 묶자 홍지가 가방을

힘껏 들었다가 놓았다. 갑자기 몸에 전해지는 무게에 놀라니까 홍지가 웃었다.

"이러니까 맨날 허리가 아프지. 밤에 뒤척이고."

홍지는 남들과 같은 말을 하더라도 달랐다. 홍지는 내게 고유한 존재였다. 홍지는 자신이 그러고 싶을 때만 남들에게 다정해졌다. 홍지의 다정함에는 이유가 없었다. 버스가 한 대 더 지나갔다. 홍지는 긴 머리카락을 손으로 쓸어 넘겼다. 우리는 걷기 시작했다.

복지관 근방에 도착했을 때 천막에 둘러싸인 부지가 보였다. 오래전부터 공사가 시작되었지만 드나드는 인부 없이 온종일 조용한 곳이었다. 공사가 무기한 연기되거나, 땅 주인이 아직 분쟁 중이라는 소문이 돌기도 했지만, 천막이 낡으면 매번 새것으로 교체되어 있었다. 지켜보는 이가 있으니까 함부로 접근하지 말라는 뜻인지도 몰랐다. 나는 부지가 어떤 상황일지 생각해보는 일이 잦았다. 걸음을 멈추었다.

"여기 지날 때마다 이상하게 귓속이 울려."

내 말에 홍지가 다가왔다.

"귓속?"

"응. 물이 찬 것처럼 귀가 먹먹하고, 어떨 때는 돌다가 갑자기 멈췄을 때처럼 머리도 어지러워."

홍지는 바람에 부대끼는 천막을 올려다보았다. 인적이 드물어서 일부러 이곳에서 홍지가 담배를 피운다는 것을 알고 있었다.

"지금도 그래?"

홍지는 내게 물으며 헤진 천막 귀퉁이를 잡고 걸어냈다. 두꺼운 비닐로 한 겹 더 둘려 있지만 홍지는 여러 번 해본 것처럼 뜯어냈고 곧이어 생긴 틈으로 너머를 살펴보았다. 부지는 가로등 불빛이 닿지 않아 어두웠다. 나도 궁금했지만 계속해서 귓속이 울렸다. 어느 순간 홍지가 내게 손을 가져다 댔다. 아까와 다른 서늘한 바람이 우리를 감쌌다. 귓불을 만지다가 곧이어 귀 뚫은 부위를 쓰다듬는 손길이 느껴졌다. 우리는 어렸을 때 같이 귀를 뚫었다. 홍지도 나와 같은 자리에 조그마한 귀걸이를 끼고 있었다.

홍지는 나보다 한 뼘 정도 키가 작았다.

"노래라도 부를까? 노랫소리에 진동이 더는 안 느껴질 수도 있잖아."

지금 홍지가 왜 웃는지 모르겠다. 나는 홍지가 가까이 올까 봐. 우리가 더 가까워질까 봐 겁이 나는데.

홍지의 교복 소매가 뺨에 스쳤다. 홍지에게서는 담배 냄새가 난 적이 없었다. 어른들에게 들킬까 봐 스스로 조심하는 것 같았지만, 항상 밖을 쏘다니기 때문에 냄새가 바람에 다 빠져나간 것일지도 몰랐다. 홍지는 학교를 마치고 친구들과 어울려서 그들의 집에 놀러 가거나 시내를 쏘다녔다. 담배를 피우기 위해서 공사 부지 같은 외진 곳도 돌아다니는 것 같았다. 홍지의 손도, 교복 소매도 그저 차갑게 느껴질 뿐이었다.

언젠가 나는 홍지가 친구들과 함께 뛰어가는 것을 목격한 적이 있다. 그때 홍지는 자꾸 뒤돌아봤다. 쉼터에서 외출할 때는 항상 앞만 보고 뛰던 애가 자신을 쫓아오는 친구들을 살피느라 바빴다. 나는 홍지가 달리면서도 뒤도 확인하고 옆도 보는 애라는 걸처음 알았다.

홍지는 내게서 손을 거두고 복지관 정문으로 향했다. 나도 다시 걸음을 옮겼다. 열네 살 때부터 우리는 함께 지냈으니까, 홍지에 대해서 나만 아는 것이 있었다. 홍지의 이메일 아이디가 홍시라는 것. 그건 아마 홍지의 친가족이 오래전에 붙여준 별명이고, 그게 좋은 싫은 네가 여태 아이디를 바꾸지 않았다는 것. 그리고 다리가 아프면 홍지는 지금처럼 팔자걸음으로 걷는다는 것. 나는 서서히 걸음 속도를 줄였다. 어느새 귀의 진동이 사라지고 하품이 나왔다.

4

해미 언니의 생일이 다가왔다. 사물함에서 책을 꺼내다가 우연히 교내 게시판의 달력을 봤다. 중간고사가 끝나고 여름이 시작되는 초입에는 항상 언니의 생일을 맞아 감자탕을 먹으러 갔다는 것이 떠올랐다. 원장 선생님은 우리의 생일이 있을 때마다 각자 좋아하는 메뉴로 저녁을 사주었다. 그리고 집으로 돌아오는 길에 조그마한 케이크를 사서 축하했다. 올해 봄에 진희의 생일을 맞아 초밥을 먹었고, 두 달 전에는 소라가 가고 싶어 했던 이탈리안 식당에서 파스타를 먹었다. 해미 언니는 언제나 감자탕이었다. 언니도 나처럼 손이 많이 가는 음식을 좋아했다. 내 생일은 아직 멀었지만 나는 이번에 잡채를 먹고 싶었다.

우리끼리는 따로 생일 선물을 챙겨주지 않았다. 서로의 사정을 알았고, 일주일마다 쉼터에서 지급되는 소정의 용돈으로는 생활비를 충당하기에도 부족했다. 나는 아르바이트를 시작했고, 수능을 앞둔 언니에게 올해만큼은 무엇이든 생일 선물을 하고 싶었다. 요즘 언니는 학교에서 늦게까지 공부 하고 돌아와 주말에도 일찍 세미나실로 내려갔다. 집에서 마주치지 않으면 언니와 이야기 나눌 시간도 없었다.

친구들이랑 얘기를 나눠보니까 비타민과 핸드크림이 좋겠다는 생각이 들었다. 홍지에게도 문자를 보냈다. 수업 시간 도중에 답이 돌아왔다. 네가 알아서 해. 협조할 줄 알았지만, 아니었다. 홍지는 학교에서도 손에서 휴대폰을 놓지 않는 모양이었다. 청소 시간이 되어 나는 홍지의 반에 찾아갔다. 축하 카드를 쓰라고 말할 것이다. 우리가 싸울 때마다 해미 언니가 나서주지 않았다면, 홍지와 나는 지금까지 방을 같이 쓰지 못했을 것이다. 그리고 우리가 쉼터를 옮길 예정이었으므로, 올해가 축하할 수 있는 언니의 마지막 생일일지도 몰랐다.

홍지를 부르려고 교실 안을 살펴보는데 분위기가 이상했다. 다들 청소하느라 바빴다. 교실 창가에 기대선 홍지는 친구들과 떠들며 크게 웃고 있었다. 무슨 말을 하는지는 알 수 없었지만, 욕을 하는 건 분명했다. 그들의 곁에서 어떤 애가 빗자루를 붙잡고 서 있었다. 얼굴이 붉어진 채로 지금 상황을 견디는 것 같았다. 홍지는 중학생 때부터 무리 밖으로 특정 누군가를 밀어내곤 했다. 그가 주위에 있으면 과도하게 웃거나 자기들끼리 말을 주고받는 식이었다. 홍지가 나와 눈이 마주쳤다. 학교에서 홍지를 찾아오는 일이 드물기 때문에, 홍지는 내가 용건이 있는 줄 알고 인상을 찌푸리며 몸을 일으켰지만 뒤돌았다. 홍지와 얘기하고 싶은 마음이 사라졌다. 홍지가 유치하다고, 한심해 보인다고 생각할 때마다 왠지 내 속이 아팠다. 교실에서 다시 애들이 웃는 소리가 들렸다.

언니의 생일 당일 날에도 홍지는 저녁 먹으러 가기

직전에 쉼터에 돌아왔다. 홍지는 선물을 챙기는 나를 지나쳐서 선풍기 앞에서 땀을 말렸다. 아침에도 다 같이 미역국을 먹을 때도 늦잠을 자더니 왜 이제야 집에 왔냐고 따지고 싶었지만, 나는 최근 며칠 동안 홍지에게 관심을 쏟지 않으려고 조심하고 있었다. 우리는 홍지의 이유 없는 다정함으로 가까워졌다가도, 다시 밖에서 마주치는 홍지의 행동 때문에 복잡한 생각이 들어 말을 섞지 않을 때도 있었다. 나갈 준비를 마치는데 진희와 소라가 우리 방으로 뛰어 들어왔다.

"해미 언니 못 봤어?"

"세미나실에 있는 거 아니야? 아까 나가는 거 같던데."

내가 대답하자 소라가 고개를 저었다.

"우리가 방금 아래층 갔다 왔는데 언니 없던데?"

진희는 언니한테 전화해도 안 받는다고 했다.

"잠깐 어디 간 거 아니야? 곧 오겠지."

듣고 있던 홍지가 우리에게 가까이 다가왔다.

"근데 언니 방에 있던 옷들이 다 사라졌어. 침대에 이불도 없고."

소라의 말이 끝나자마자 홍지가 언니 방으로 가서 문을 열었다. 옷장이 열린 채로 안이 비어 있었다. 침대도 매트리스만 남아 있었다. 잠시 후에 우리를 데리러 온 선생님들도 언니가 사라졌다는 걸 알게 되었다. 선생님들은 학교에 전화해보겠다며 우리에게는 쉼터에서 기다리라고 했다. 홍지가 순식간에 외투를 걸치고 누가 말릴 새도 없이 밖으로 나갔다. 나는 홍지를 붙잡으려고 따라나섰다. 복지관 밖으로 향하자 홍지가 나를 기다리고 있었다.

"너 언니가 자주 가는 데 알지? 거기부터 가보자."

우리는 해미 언니가 공부하러 가던 동네 도서관에 향했다. 도서관은 운영 시간이 지나 문이 닫혀 있었다. 근처 PC방과 분식집에서도 언니를 볼 수 없었다. 편의점에서 언니에게 다시 전해보니까 휴대폰이 꺼져 있었다. 한숨을 내쉬는 내게 홍지가 컵라면을 집어 건넸다. 이미 저녁 먹을 시간이 지나 있었다. 쉼터에 있을 동생들이 생각나서 말을 꺼냈지만 홍지가 괜찮다는 듯 고개를 저었다. 걔네도 알아서 챙겨 먹었겠지.

밥을 먹고 동네 한 바퀴를 다시 돌아보기로 했다. 해미 언니는 쉼터 생활 규칙을 어긴 적이 없었고, 우리와 달리 애들과 싸우고 화를 내본 적도 없었다. 그런데 아무에게 말도 없이 사라진 것이었다. 결국 우리는 쉼터로 돌아갈 때까지 언니를 만날 수 없었다.

영서 쌤과 원장 선생님, 그리고 퇴근하고 남은 사회 복지사 선생님들이 늦은 시간까지 이곳저곳에 전화를 돌리는 중이었다. 정류장과 지하철역에 가보기도 했다. 선생님은 이제 어른들이 찾아보겠다며 우리에게 방에 들어가라고 했다. 진희와 소라도 걱정이 되는지 계속 문자가 왔다. 나는 답을 보내고는 침대에 누웠다. 홍지는 잠든 모양인지 위층 침대가 조용했다. 진정되지 않는 심장 소리를 들으며 눈을 감았다.

홍지가 나를 흔들었다. 아직 주위가 어두웠다. 홍

지는 어서 나가자고 속삭였다. 놀라서 휴대폰을 확인하니 자정이 넘은 시간이었다.

"해미 언니한테서 연락이 왔어. 지금 빨래방으로 오래."

"빨래방?"

홍지가 고개를 끄덕였다. 얼마 전에 시내를 지나다가 코인 빨래방이 생긴 것을 봤던 것 같았다. 홍지는 방문을 열고 거실을 살폈다. 내가 주저하자 홍지는 내 손을 잡아끌었다.

"뭐 어때. 처음도 아니잖아."

우리는 조심스럽게 나가서 현관 도어록 앞에 섰다. 홍지는 언제 챙겼는지 주머니에서 드라이버를 꺼내서 도어록의 나사를 풀고 건전지를 꺼냈다. 밖으로 나가니까 잠금 알람 없이 조용히 문이 닫혔다. 아래층에서 어른들의 말소리가 들려왔지만, 계단을 내려가서 복지관을 벗어난 뒤로는 누가 먼저랄 것도 없이 뛰기 시작했다.

해미 언니는 코코아 한 잔을 곁에 두고 빨래방의 TV를 보고 있었다. 우리는 안으로 들어섰다. 동생들이 자다 깨서 우리가 없어진 걸 알아차릴까 봐 평소 신던 운동화가 아닌 신발장 안의 겨울 슬리퍼를 꺼내 신은 상태였다. 버스가 끊겨 시내까지 걸어온 터라 언니보다 우리가 가출한 몰골이었다. 나는 언니를 만나서 다행이라는 생각이 들었지만 홍지는 화가 났는지 언니의 맞은편에 주저앉았다.

"여기서 뭐 하는 건데. 다들 온종일 언니만 찾으러 다녔어, 알아?"

언성이 높아지는 홍지를 따라서 나도 말을 보탰다.

"왜 여기 있는 거야. 우리한테 말도 없이, 전화도 안 받고. 선생님들한테도 연락했어?"

언니는 고개를 저었다.

"너네한테만 연락했어. 저걸 혼자 들고 집에 갈 수가 없어서."

언니가 가리키는 세탁기를 쳐다보았다. 옷들이 정신없이 돌아가고 있었다.

"빨래하는 게 내 생일 소원이었거든. 계속 미루다가 이번에 한 거야."

언니는 자리에서 일어나 자판기에서 음료수를 뽑았다. 우리는 쉼터에 돌아오도록 언니를 진지하게 설득해보자는 계획을 세웠지만, 일단 건네는 음료수를 들이켰다. 홍지는 목이 말랐는지 하나 더 사라는 말을 했고 언니가 웃었다. 세탁이 끝날 때까지 일어날 생각이 없어 보여서 우리는 언니를 기다리기로 했다. 홍지도 잠자코 TV 쪽으로 시선을 옮겼다. 땀이 마르자 그제야 졸음이 쏟아지기 시작했다. 나는 감기는 눈꺼풀에 힘을 줬다. 언니는 세탁기 쪽으로 고개를 돌리고 있었다.

언니의 모든 옷이 그곳에 담겨 있었다. 그래봤자 세탁기 세 대가 돌아갈 만큼이었다.

TV 프로그램이 끝나고 광고가 나올 무렵 홍지가

입을 열었다.

"빨래는 쉼터에서 해도 되잖아. 고작 그게 소원이라니. 별로야."

해미 언니가 웃다가 입을 열었다.

"이때까지 쉼터에 살면서 불편한 건 없었는데. 나는 빨래 할 때가 싫더라. 남들 옷이랑 한꺼번에 같이 넣고 세탁기를 돌렸으니까, 매번 속옷이랑 양말, 교복이 섞이는 게 마음에 걸려서 한 번쯤은 전부 내 옷만 넣고 세탁기를 써보고 싶었을 뿐이야."

언니의 말에는 막힘이 없었다. 이렇게 말하는 걸 속으로 몇 번이고 연습해본 것처럼.

"영서 쌤한테도 그렇게 말하면 됐잖아. 이렇게 늦은 시간만 아니면 허락했을 거 같은데. 아니면 우리한테라도 말하지 그랬어."

"낮엔 여기 사람이 많더라. 아무도 없이 혼자서 옷이 깨끗해지는 걸 보고 싶었어. 걱정시킨 건 미안해."

홍지가 한숨을 내쉬었다.

"언니도 진짜 수능 스트레스가 심한가 봐."

새벽 두 시가 넘어갈 즈음에 세탁이 끝났다. 언니는 건조되어 뜨겁게 달아오른 옷을 챙기기 시작했다. 홍지는 언니를 도와주다가 기지개를 켜고는 밖으로 나갔다. 따라가서 홍지를 지켜보니까 그 애가 내 눈빛의 뜻을 알아차리고 피식 웃었다.

"걱정하지 마, 안 피워."

거리를 지나다니는 이가 없었다. 가끔 차들이 지나갔고 곁에 서 있는 내게 홍지가 말을 걸었다.

"언니처럼 우리도 가출한 날 기억나? 그때 하루도 못 버티고 돌아왔잖아."

"하루는 무슨, 몇 시간도 안 돼서 네가 다시 집에 가자고 했잖아."

홍지가 웃음을 터트렸다.

쉼터에 홍지와 나, 진희가 살았을 때였다. 추석이 되어 복지관은 문을 닫았고 영서 쌤은 어린 진희를 자기 집으로 데리고 갔다. 쉼터에는 우리 둘만 남아 있었다. 갑자기 마음이 동한 우리는 겁도 없이 기차역에 갔다. 연휴라서 표를 구하기가 어렵다는 것도 모르고 간 터라 결국 예매를 못 한 채로 앉아 있었다. 취소된 표라도 구해보자는 이상한 오기로 기다리는데, 대합실의 커다란 TV로 나훈아가 나왔다.

사람들 모두 TV 앞으로 모여들었고 나훈아는 그날 콘서트의 첫 곡을 불렀다. 정을 잃은 사람아, 고향으로 갑시다, 고향으로 갑시다, 하며 노래를 부르는데 눈을 뗄 수가 없었다. 모든 곡이 끝나자 우리 둘다 지쳐서 더는 고집부리지 않고 집에 돌아왔다.

해미 언니는 옷으로 가득 찬 가방을 둘러멨다. 나는 언니에게서 외투를 받아 팔에 걸쳤고, 홍지는 이불을 안아 들었다. 섬유 유연제 냄새를 맡으면서 걷기 시작했다. 언니는 돌아가서 감당해야 할 일을 제쳐두고 속 시원해 보였다. 나는 집을 나오면서 급하게 챙긴 선물을 언니에게 건넸다. 언니는 핸드크림을 발라보았다. 손을 내밀자 홍지가 향을 맡아보았다. 생일 축하해. 그 말을 꺼내서 비로소 오늘의 끝을 알린 사람은 홍지였다.

5

2학기가 시작되고 얼마 지나지 않아서 홍지가 교
내 봉사 처분을 받았다. 담배를 걸린 게 화근이었다.
재수 없게 들켰다고 떠들다가 더 혼이 났고 영서 쌤이
호출되어 홍지의 담임 선생님과 상담했다. 홍지는 친
구들과 함께 3주 동안 학교 청소를 해야 했다.

나는 학교 운동장의 쓰레기를 줍거나 복도 창문
을 닦는 홍지를 마주쳤다. 그때마다 홍지의 곁에는
어른들의 눈을 피해 먹을 것을 챙겨주거나 인사를 나
누는 선배들이 있었다. 내 생각보다 홍지는 괜찮아

보였지만, 결국 학교 일로 영서 쌤과 싸우고 외출 시간을 어기면서 이제 홍지는 특별한 이유 없이 쉼터를 나가지 못하게 되었다. 홍지는 집에 돌아와서 복지관의 일까지 도와야 했다. 홍지는 선생님들의 심부름을 하다가 틈이 나면 친구들과 메신저를 주고받거나 전화를 했다. 내색하진 않았지만 한꺼번에 닥친 일로 홍지도 답답하다고 느끼는 것 같았다. 집에 머무르는 시간이 길어진 홍지를 건드리지 않으려고 다들 조심했지만, 복지관 마당의 은행나무 잎이 노랗게 변해가는 가을날에 사건이 생겼다.

소라가 홍지의 돈을 훔친 것이었다. 홍지는 우리 방의 책상 두 번째 서랍에 그동안 받은 용돈을 모아두었다. 홍지는 온종일 붙어 지내는 나와, 공부하느라 바쁜 해미 언니를 제치고 소라부터 찾았다. 소라는 예전에도 종종 언니들의 물건을 멋대로 가져가서 쓰다가 걸린 적이 있었다.

내가 아르바이트를 다녀왔을 때는 이미 홍지가 동생들의 방문을 두드리고 있었다. 내가 왜 그러냐고 묻자, 홍지는 혹시 나 말고 누가 우리 방에 들어왔냐고 물었다. 서로 수시로 방을 들락거리면서 사는데 새삼스럽게 묻는다고 생각하면서 나는 고개를 가로저었다. 홍지는 이내 방문을 세게 열어젖혔다. 소라가 놀라서 홍지를 쳐다보았다.

"너 내 방에 서랍 열었어?"

"무슨 서랍?"

"내 돈 가져갔냐고."

놀란 소라를 무시하고 홍지는 책상을 뒤지기 시작했다. 진희가 나서서 말렸지만, 홍지는 곧이어 소라의 책가방을 집어 들었다. 가방을 엎자 책과 필기구가 떨어졌고 지갑이 나왔다. 지갑 안에 만 원 지폐 세 장이 들어 있었다. 소라는 홍지의 손에서 지갑을 뺏으려고 했다. 둘이 실랑이를 하는 동안 나는 얼른 진희에게 선생님을 부르라고 했다.

"너 분명 어제 나한테 이번 주 용돈 다 썼다고 말했잖아."

홍지에게 밀려난 소라가 바닥에 주저앉았다. 아무 대답도 못 하는 소라에게 분한 모양인지 홍지는 거친 숨을 내쉬었다. 나는 그만하라는 뜻으로 홍지를 붙잡았지만, 곧 내 손도 밀려났다. 쉼터로 들어선 영서 쌤이 소라를 일으키고 홍지의 머리를 쥐어박았다. 너 뭐 하는 짓이야. 이 상황이 홍지 때문인 줄 아는 모양이었다. 홍지는 소라를, 영서 쌤을 노려보았고 지폐를 들고 뒤돌아섰다. 방으로 돌아가는 홍지의 어깨가 떨리고 있었다. 나는 홍지를 불렀다. 닫힌 방문을 두드렸지만, 안에서는 아무런 소리도 들리지 않았다.

결국 진정된 소라가 자백하고 난 뒤에 일이 마무리되었다. 언니들 방에 갔다가 책상 밑에 떨어져 있는 지폐를 발견했고, 욕심이 나서 홧김에 갖게 된 거라고. 소라는 영서 쌤과 함께 홍지에게 사과했지만, 그 날 뒤로 홍지는 쉼터의 누구와도 말을 하지 않았다.

순미가 쉼터에 찾아와 선생님들과 얘기를 나누는 날이었다. 나는 오랜만에 할머니를 만나러 복지관으로 내려가는 계단에서 홍지와 마주쳤다. 홍지는 계단 청소를 하고 있었다. 내 주머니에는 동생들이 홍지에게 전해주라고 한 초콜릿과 젤리가 있었다. 홍지는 나를 쳐다보지 않고 계단을 쓸었다. 홍지는 여전히 모두와 냉전 상태였다. 나는 괜히 계단을 한 칸씩 천천히 내려갔다. 홍지는 내가 방해되는지 빗자루질을 멈추었다. 내가 어떤 말을 하며 간식을 건네줘야 할지 망설이는 사이, 사무실의 열린 문틈으로 순미의 목소리가 들려왔다.

"난 내년에 우진이만 약속했던 쉼터로 이사를 하는 게 확실하면 돼요. 그 애가 안전해지는 게 가장 중요하니까요. 애초에 여기에 맡긴 것도 그 이유잖아요."

"하지만 우진이는 홍지와 같이 가겠다고 할걸요? 저희도 애들끼리 갈라놓는 게 마음이 쓰이기도 하고...."

순미는 한숨을 내쉬었다.

"이번에 홍지가 학교에서 봉사 처분을 받았다면서요?"

순미는 내가 걱정된다는 이유로 이제는 그만 우리

를 떨어트렸으면 좋겠다고 했다. 이때까지 순미가 내게 했던 당부와도 비슷한 얘기처럼 들렸다. 고양이에게 친절하거나 무엇이든 좋으니 악기를 배우고, 내가 세상 어디든 지루하지 않게 살아가는 것. 그건 내가 세상 어디든 혼자라도 괜찮아져야 한다는 말로 들렸다. 나 혼자만 괜찮아지는 것. 순미가 내게 바라는 것이었다.

"우진이와 홍지 둘 다 고등학생이 되었고, 이젠 각자 지내도 괜찮을 겁니다. 우진이는 혼자 살아도 제가 지금처럼 지켜보면 되니까."

나는 혼자라도 괜찮지만, 혼자라도 지켜봐 주겠다고 말해주는 이가 있지만…. 나는 고개를 돌렸다. 홍지는 자신의 핸드폰을 들여다보다가 내 시선을 느끼고는 빗자루를 내려놓고 자리를 벗어났다. 붙잡으려고 했지만, 얘기를 해봐야 하는 건 이쪽이 아니라는 생각이 들었다. 나는 순미가 나오기를 기다렸다.

6

　소나기가 쏟아지기 시작했다. 퇴근할 때 카페에
남은 우산을 찾았는데 보이지 않아서 대충 외투의 모
자를 뒤집어쓰고 나서려는데 순미가 나를 불렀다. 청
바지의 흰 티셔츠를 입은 사복 차림의 순미가 서 있었
다. 나는 아르바이트가 끝난 후에 순미에게 잠깐 볼
수 있냐고 연락했다. 그날 나는 순미를 기다렸지만,
결국 늦게까지 어른들의 이야기가 이어지는 바람에
만나지 못했다. 순미는 내게 우산을 씌워주었다. 우
리는 걷기 시작했다.

"얼마 전에 선생님들이랑 얘기하는 거 들었어."

순미에게 하고 싶은 말이 있었는데 용기가 나지 않아서 걸음을 옮기는 데 집중했다. 순미도 별다른 대답이 없었다. 빗발이 거세졌고 우리는 쉼터로 가는 길과 반대인 순미가 사는 동네로 향했다. 순미는 당신과 엄마, 내가 함께 살았던 주택에서 혼자 생활하고 있었다. 순미는 쉼터에 나를 맡겼을 때 내게 다시는 이 집으로 돌아오지 말라고 했다. 순미는 당신의 곁에 있으면 나도 엄마처럼 변고를 당할지도 모른다고 생각했다.

육교와 아파트 단지를 지나서 골목으로 들어섰다. 순미의 집이 가까워질수록 귓속이 울렸다. 순미가 낡은 주택 앞에 멈춰서 대문을 열자 나는 집을 둘러보았다. 살림살이가 거의 없고 적막했다. 내가 순미와 둘이서 살았을 때도 항상 집이 조용했다. 내 옷 말고는 마당에 빨래가 걸려 있던 적이 드물었고, 화단에서 식물이 자라거나 집 전화기가 울렸던 적도 없었다. 이 집에서 순미는 산동네 교회에 버려진 아기를 데려와서 키웠다. 엄마였다. 엄마는 이곳에서 나를 낳았다.

그리고 안방의 구멍 속으로 사라졌다.

귀에서 계속해 진동이 느껴져서 안방으로 향했다. 안방에는 아직 구멍이 메워진 흔적이 남아있었다. 나는 구석의 장롱으로 다가가 힘을 주었다. 안이 비어 있는 장롱은 쉽게 밀려났고 그 뒤의 벽을 들여다보았다. 새로 도배했지만, 구멍의 테두리를 따라서 벽지의 색이 바래 있었다. 순미는 나를 따라와서 손으로 흔적을 쓸어보았다. 순미는 구멍을 아케이드라고 부르기도 했다. 사람이 구멍으로 들어가면 안의 공간이 무한히 넓어져서, 끝이 보이지 않을 정도로 높고 긴 통로가 되기 때문이었다. 순미는 내 기억에 없는 엄마와 구멍에 대한 얘기를 가끔 해주었다. 아빠가 죽고 난 후로 엄마는 언제든 구멍에 뛰어들 준비가 되어 있었다고. 이 집에 나를 낳고 간 것이 오히려 엄마가 나를 소중하게 여겼다는 증거라고 했다.

머리가 어지러웠다. 나는 할머니를 불렀다. 순미의 눈빛이 날카로워졌다. 갑자기 거센 바람이 불어와서 나는 창밖으로 시선을 옮겼다. 차양 끝에 매달린 빗방울이 아까와는 다른 속도로 아주 천천히 떨어지고 있었다. 한 방울씩 내리는 걸 눈으로 확인할 수 있을 정도였다. 시간이 느리게 흐르는 것 같았다. 순미가 한 짓이었다.

순미의 세 번째 당부는, 당신을 할머니라고 부르지 말라는 거였다. 순미가 사람이라고 할 수 없는 존재이기 때문이었다.

사실 프레쉬 매니저들은 각자의 담당 구역을 수호하는 사명을 가진 채로 존재했다. 순미 역시 아주 오래전부터 프레쉬 매니저로 일하며 이 동네를 돌보았다. 우유를 배달하는 것은 집마다 드나들며 사람들을 살피기에 좋았지만, 그만큼 고된 일이었다. 특히 산동네처럼 인구가 밀집된 곳은 집마다 흘러나온 부정적인 감정이 모여서 해를 일으키기도 했다. 보통은 춥지 않은 날에 물웅덩이가 얼어서 사람들이 출근길에 넘어지거나, 공터 담벼락이 갑자기 무너지는 등의 자잘한 사고가 일어나는 식이었다. 하지만 유독 누군가를 혐오하거나 사랑하거나 그리워하는, 집념이 강한 감정은 악한 기운으로 변해서 구멍을 만들기도 했다. 구멍은 사람을 불러들였다. 기운들이 프레쉬 매니저들을 피해 도망갈 수 있는 곳은 전국 어디에도 없기에, 다른 시간대로 옮겨가서 활개 치는 것이라고 했다. 구멍에 들어온 이에게 달라붙어서, 그가 애착하는 과거로 들어가는 거였다. 따라서 구멍은 과거에 대한 집착이 있거나, 과거의 어느 일을 잊지 못하는 이들을 노렸다. 구멍의 크기가 클수록 순미가 메우려고 애쓰는 힘과 시간도 늘어났다.

순미는 동네를 돌아다니며 구멍이 생기는 것을 막았지만, 정작 그 당시에 아빠를 잃은 엄마를 향해 기운들이 몰려들고 있다는 것을 놓치고 말았다. 순미를 통해서 아케이드의 모든 것을 알고 있었던 엄마는 안방의 구멍이 자신의 몸집만큼 커지기를 기다렸다. 내가 태어나기를 기다렸다. 구멍을 통과하는 이는 자신이 원하는 과거로 돌아갈 수 있었고, 엄마는 아빠의 일터에서 사고가 일어났던 날로 가서 아빠의 목숨을 구하겠다고 마음먹었다. 하지만 여태까지 엄마는 돌아오지 않았고 사람을 삼킨 구멍은 서서히 사라져서 지금과 같은 흔적이 되었다.

엄마는 순미와 처음으로 가족이 되어 준 이였다.

순미는 평생 사람 곁을 맴돌며 살아왔지만, 결코 어느 이와도 가깝게 지내면 안 되었다. 순미는 당신이 규칙을 어겼고, 엄마를 지켜주지 못했기 때문에 사고가 일어난 것이라고 믿었다. 나에게도 엄마와 똑같은 일이 일어날 거라고 믿었다. 순미는 나를 지켜보다가 입을 열었다.

"넌 평소에 네 엄마 생각은 안 하니?"

그 말이 기분 나쁘게 들렸다.

"생각해. 근데 자주 하지는 않아. 그러면 내 인생을 살 수 없으니까."

순미가 눈에 힘을 풀었고 빗방울이 다시 제각각의 속도로 떨어지기 시작했다.

"우진아, 다시 그런 일이 벌어지지 않으려면 내 말 들어야 해. 넌 다치지 말고, 너를 위험하게 만드는 애랑 어울리지도 말고...."

순미는 나를 걱정하는 만큼, 나를 놓아줄 생각이

없다. 순미는 나와 거리를 두면서도 내가 일정 반경 밖으로 벗어나지 못하게 한다. 나는 지난겨울 동안 길고양이들에게 밥을 챙겨주고 집으로 돌아오면서 했던 다짐을 떠올렸다.

"할머니, 나는 내가 하고 싶은 대로 살고 싶어."

내가 바라는 건 카페에서 일하면서 길고양이들에게 밥을 챙겨주고, 악기를 배우면서 홍지와 함께 지내는 것이었다. 세 번째 당부를 자주 어기는 것이었다. 내가 구멍에 휘말릴까 봐 걱정하는 순미를 따르는 게 아니라 스스로가 원하기 때문에 하는 모든 일이었다.

"내년에도 홍지와 같은 집으로 이사 갈 거야."

"홍지와 같이 있으면 안 돼."

"왜? 홍지가 학교 봉사 처분을 받은 것 때문에? 아니면 홍지가 평범하게 학교 다니는 애가 아니라서 그래? 이때까지 걔가 날 위험하게 한 적은 없었어."

목소리가 높아지는 나를 두고 순미는 구멍의 흔

적을 쳐다보았다.

"홍지도 그러고 싶다고 했어?"

말이 막혔다. 나는 홍지의 마음을 몰랐다. 순미는 가만히 서 있는 내게 밥이라도 먹고 가라고 했지만, 나는 외투를 입고 그대로 집 밖으로 나왔다. 나를 부르는 소리가 들렸다. 점점 걸음이 빨라졌고 귓속이 울려서 멈추니까 어느새 공사 부지 앞이었다. 아마 여기도 구멍이 있을 거라는 생각이 들었고, 겁이 났다. 빗방울이 차갑게 어깨를 적셨다.

7

홍지는 우산 비닐이 가득 찬 쓰레기통을 옮기고
있었다. 찾아온 어르신들로 복지관이 소란스러웠다.
사회 복지사 선생님들도 일을 처리하느라 정신없어
보였지만, 홍지가 누구에게라도 부탁하면 도와줄 것
이었다. 아니면 위층에 있는 애들에게 연락하면 될 텐
데. 홍지는 혼자서 무거운 쓰레기통을 들고 주차장으
로 향했다. 나는 쫓아가서 쓰레기통의 한쪽 귀퉁이를
잡았다. 홍지는 비를 맞은 채로 갑자기 나타난 나를
보고 놀랐지만 자기 일이라는 듯, 나를 밀어내고 지나

쳤다. 이미 홍지의 손도 젖어 있었다.

나는 바람에 날려 떨어진 비닐을 주워 들고 다시 다가갔다. 홍지가 나를 쳐다보는 게 느껴졌다. 내가 고집을 부리는 게 이상한가 보다. 내가 겨우 쓰레기통을 들어주는 것에 간절한 게 이상한가 보다.

비키라는 말에 나는 움직이지 않았다. 함께 쓰레기통을 비웠고 선생님들은 우리가 젖은 것을 보고는 얼른 옷을 갈아입으라고 했다. 머리를 털어내고 계단을 올랐다. 나는 홍지에게 하기 어려운 일이 있으면 남의 도움을 받으라고 말할 참이었다. 자신과 친한 이들을 제외한 타인에게 날을 세우지 말고, 혼자 감당하려고 하지 말고 차라리 나라도 부르라고 말하고 싶었다. 그리고 내년에 이곳을 떠나게 되면 같이 살수 있는 쉼터로 옮기는 건 어떠냐고 물어볼 생각이었다. 홍지의 휴대폰이 울렸다. 홍지는 통화하다가 뒤돌아서 몇 계단 아래에 서 있는 나를 내려다보았다. 조금 전에 내 손길을 밀어냈던 눈빛이 사라졌다. 홍지는 귀에서 휴대폰을 떼고 입을 열었다.

"나 잠깐 친구 만나고 올 테니까 혹시 영서 쌤이
나 찾으면 심부름 갔다고 해줘."

"친구 만나러 어디 가는데."

홍지는 나를 무시하고 통화를 마무리했다. 한 번
더 묻자 그제야 대답했다. 친구 집.

"그러니까 어디?"

"있어. 네가 모르는데."

홍지는 다시 계단을 올라갔다. 나는 그 자리에 선
채로 말했다.

"내가 왜 몰라? 네가 허튼짓하고 다니는 거 다
알아."

홍지도 멈춰 섰다. 내가 말하고 싶은 건 이게 아니었다.

"소라가 네 돈 훔쳐서 화난 거 아니었잖아."

홍지가 나를 돌아봤다.

"네가 친구 집에서 훔친 물건들. 그거 들켰을까 봐 무서웠던 거잖아."

홍지는 서랍 속에 돈이 없어진 것보다, 친구의 집을 놀러 다니며 자신이 가져온 물건들을 소라가 봤을까 봐 심하게 다그쳤던 것이었다. 하지만 걱정하지 않아도 되었다. 홍지가 고작 그런 물건들을 훔쳤다고는, 아무도 생각하지 못할 테니까. 홍지는 어느 가정집이든 있을 법한, 가족들이 오래 사용해서 손때가 묻은 물건을 가져오곤 했다. 낡은 플라스틱 냉장고 자석과 오래된 손톱깎이, 시침이 멈춘 손목시계와 도장이 찍힌 식당 쿠폰을 들고 와서 서랍 깊숙이 넣어 두었다. 나는 홍지가 그러는 이유를 알 것 같았다. 애들이 정기적으로 들어왔다가 퇴소하는 쉼터에는 그만큼 수명이 긴 물건이 없었다. 그래서 홍지는 가족의 역사가 고스란히 담긴 것에 유독 욕심이 났던 걸까. 홍지는 지금 우리가 사는 방과, 우리의 물건만으로는 부족하다고 여기는 걸까. 홍지는 얼굴이 터질 듯 붉어진 채로 나를 노려보았다. 나는 홍지의 눈을 피했다. 내가 눈치채지 못할 거라고 생각했을까? 우리는

3년째 같이 사는 사이인데. 헛웃음이 나왔다.

"네가 소라한테 그랬지? 거지 같다고. 거지 같은
게 도둑질이나 한다고."

그날 열이 받은 홍지가 소라에게 고함쳤다. 홍지
는 소라가 자신보다 어리기 때문에, 약하기 때문에 덤
비지 못할 것을 알아서 더욱 모진 말을 내뱉었다. 상
대가 나였거나 해미 언니였다면 그 정도로 달려들지
않았을 것이다. 홍지는 평소에도 별 볼 일 없다고 판
단되는 애를 거리낌 없이 무리 밖으로 내치곤 했으니
까. 홍지는 다정한 만큼 비겁했다. 겁 없이 나설 때가
있었지만 좀처럼 남을 믿지 못했다. 나는 학교에서 마
주치면 내게 인사도 하지 않는 홍지를 떠올렸다. 친구
들의 연락 없이는 혼자서 시간을 보내지 못하는 홍지
를 떠올렸다. 자기 친구들에게는 상냥하게 대하면서
도 내 앞에서는 제멋대로 행동하는 홍지를 떠올렸다.

"네가 지금 하고 다니는 짓이 진짜 거지 같아."

하지만 내가 말하고 싶은 건 이게 아니었다. 안경

이 떨어졌다. 홍지가 때린 뺨과 귀가 얼얼했다. 나는 홍지의 성격이 변하는 날이 온다고 생각했다. 홍지와 내게는 서로가 있다는 것을, 언젠가 그 애도 깨닫게 되는 시기가 올 거라고 생각했다. 하지만 홍지는 오늘 같이 비가 쏟아지는 날에도 밖으로 불러내는 등신 같은 애들이 자신의 친구라고 믿고 있었다. 나는 입술을 깨물었다. 홍지가 내게 한 발짝 가까이 다가왔다.

"너야말로 네가 하고 싶은 건 다 하고 살잖아."

여기 살면서. 홍지가 덧붙였다. 여기 사는 게 어떤 뜻인지 도리어 홍지에게 묻고 싶었다. 여기는 내가 사는 집이었다. 여기는 우리 집이었다. 그것 말고는 생각할 필요가 없었다. 홍지는 빗자루를 든 애를 세워두고 욕을 하던, 내가 교실에서 목격했던 얼굴이 되어 말을 이었다.

"너는 내년에 이 동네를 못 떠날 거야. 그렇지?"

너희 엄마가 여기서 죽었으니까.

홍지의 말대로 순미는 나를 당신의 담당 구역에서

벗어난 동네로 보내지 않을 것이었다. 우리가 각자 다른 쉼터로 찢어지게 된다고 해도, 홍지는 지금처럼 아무렇지 않을 것 같았다. 홍지가 다시 계단을 올라가기 시작했다. 빗방울이 창문을 두들기며 주위가 시끄러웠다. 그런데도 내가 지르는 소리를 듣고 선생님들이 계단으로 뛰어나왔다. 선생님들은 우리를 떼어냈다. 붙잡힌 팔을 뿌리치고 홍지가 복지관 밖으로 나갔다. 홍지에게는 아직 달릴 힘이 남아 있었다. 나도 애써 안경을 주워들고 계단 끝까지 올라갔다. 물을 마시고 싶었다. 목이 너무 말랐다.

8

홍지가 집에 돌아오지 않은 지 일주일이 지났다. 내가 몸살을 앓는 동안 실종 신고가 이루어졌고 영서 쌤은 홍지의 친구들에게도 연락을 돌렸다. 어디에도 홍지가 없었다. 선생님들은 우리가 걱정되어 쉼터에 함께 생활했고 해미 언니가 내 곁을 지켰지만 나는 모두가 잠든 틈에 집을 빠져나왔다. 귓속의 진동이 심하게 울렸고 마음이 진정되지 않았다. 공사장 말고는 떠오르는 곳이 없었다. 나는 천막을 걷어내고 심호흡을 한 뒤에 발부터 집어넣어 땅을 디뎠다. 몸을 숙여

안으로 들어서자 부지 곳곳에 파헤쳐진 흔적이 보였고, 한 편에는 아직 철거되지 않고 아직 벽과 뼈대가 남은 주택이 서 있었다. 그쪽에서 거센 바람이 불어왔다. 휴대폰으로 불빛으로 앞을 비추며 반쯤 부서진 담벼락으로 다가가니 그곳에 커다란 구멍이 뚫려 있었다. 바람은 거기서 흘러나오고 있었다. 나도 모르게 새카만 구멍의 입구로 다가가는데 뒤에서 누군가 어깨를 잡았다. 놀라서 주저앉으니까 순미가 내게 손을 내밀었다.

"할머니가 여기까지 어떻게 알고 왔어?"

순미는 나를 일으켜주자 바람이 조금 멎어 들었다.

"너는. 홍지 찾으러 왔어?"

순미의 표정을 보고 나는 몸이 굳었다.

"설마 걔가 여길 들어갔어?"

순미는 나를 일으키며 구멍을 쳐다보았다.

"이 정도 크기는 이때까지 나도 본 적이 없어."

구멍은 아가리를 벌린 짐승처럼 보이기도 했다. 순미의 집에 있던 흔적보다 훨씬 컸다. 홍지는 사람들을 피해서 부지에서 자주 담배를 피웠다. 언제부터 이곳에 구멍이 있다는 걸 알았을까. 홍지가 익숙하게 비닐을 찢어버리고 부지를 살펴봤을 때부터 나는 의심했어야 했다. 정말 홍지가 구멍으로 들어갔다고? 순미는 제대로 서 있지 못하는 나를 붙잡아 당신의 뒤로 이끌었다.

"이건 내가 막기 힘들어. 기운이 약해질 때까지 기다리면서 사람들 눈에 띄지 않게 하는 게 최선이야."

나는 순미의 손을 놓았다. 순미가 이곳에 구멍이 있다는 걸 몰랐을 리가 없다. 그런데도 나를 지키려고 혈안이었던 순미가 내게 아무런 말도 하지 않았다. 공사장으로 위장해서 천막을 매번 새것으로 바꾸는 것도, 홍지가 그 안을 들락거리는 것도 이상하게 느껴졌다.

"너무 허술하잖아. 여긴 차라리 누가 들어오기를 기다리는 것처럼 보인다고."

"그럼 그렇게 하면 돼."

순미는 근처에 떨어져 있는 담배꽁초로 시선을 옮겼다.

"아케이드가 사라지는 가장 확실한 방법은 누군가 들어가는 거야. 이게 원하는 건 도망칠 수 있는 사람의 과거니까."

어둠 속에서 내게 가까이 다가오는 순미를 밀쳤다. 순미는 꼼짝도 하지 않았다. 귓속에 순미의 목소리가 반복해서 울려 퍼졌다. 나는 목소리를 높였다.

"그 사람이 왜 홍지인 건데."

"홍지가 원한 일이야. 내가 말려도 소용없었어."

"그럼 홍지는 이제 어떻게 되는 거야?"

"너도 알잖아."

우리는 알았다. 엄마는 돌아오지 않았다. 머리카락이 날려서 눈을 감았다. 바람 부는 소리가 가까이

서 들렸다. 구멍을 통해서 아주 먼 곳에서 불어오는 것인지도 몰랐다. 홍지는 지금쯤 어디에 있을까. 그렇다면 홍지가 가려고 하는 과거는 언제일까. 홍지가 내게 말해준 얘기가 떠올랐다. 쉼터에서 처음 홍지를 만나 친해지기 시작했을 때 우리는 온종일 붙어 다니며 각자 하고 싶은 얘기를 다 했다. 물론 나는 그때 순미와 아케이드, 그리고 엄마에 대해 말했다. 마음속 깊이 있는 것을 먼저 꺼내야 홍지도 그만큼 소중한 얘기를 내게 해줄 것 같았다. 홍지는 자신이 원래 쉼터에 살지 않아도 되는 운명이라고 했다. 나는 정신을 차리려고 침을 삼키고는 눈을 떴다.

"이쪽으로 가면 홍지를 찾을 수 있다는 말이네."

내 말에 순미가 눈을 치켜뜨자 지금껏 손에 들고 있던 휴대폰 불빛이 꺼졌다. 내가 너까지 보내줄 거 같아? 어두컴컴해서 앞이 보이지 않았지만 순미의 눈동자가 나를 향해 있다는 걸 알 수 있었다. 부지를 빠져나가기 시작했다. 신발 안으로 흙이 들어왔다. 길가로 나와 가까운 가로등 밑으로 달려가서야 거친 숨을 내뱉었다. 새벽 공기에 몸이 떨렸다.

날은 벌써 가을을 지나 점점 추워지는데 홍지는 여태 집에 돌아오지 않고 밖에 있었다. 나를 남겨두고. 홍지는 쉼터에 남아 끝까지 나를 견딜 필요가 있었다. 함께 사는 애들 모두가 그러듯이, 우리는 서로를 견디고 가끔은 서로를 가엾게 여기는 법을 배워야 했다. 하지만 홍지는 내게 아무것도 말해주지 않고, 나와 계단에서 멀어진 즉시 혼자 떠났다. 고개를 들어보니 서서히 해가 떠오르며 주위의 건물이 하나둘씩 빛을 받아 모습을 드러냈다. 날이 완전히 밝아지기 전에 나는 쉼터로 향했다.

나는 순미에게 언제쯤 구멍이 사라지는지 물었다. 순미는 내가 보낸 문자에 답이 없다가 한참 뒤에 휴대폰이 울렸다.

'다음 주면 서서히 크기가 작아지기 시작할 거야.'

구멍이 사라지면 홍지는 영영 돌아오지 못하는 것일까. 다들 홍지 소식을 기다리는데 나는 어떤 말도 꺼낼 수 없었다. 한편으로는 누구에게든 말하고 싶었지만 다들 믿지 않을 것이었다. 내가 고민하는 걸 눈치챘는지 해미 언니가 다가왔다. 언니는 얼마 전 새벽에 내가 어딜 갔다 왔는지 묻고는, 내가 대답하지 못하니까 조그마한 상자를 건네었다.

"이거 홍지가 네 생일 때 주라고 한 건데. 그냥 지금 줄게."

내가 언제 주든 어차피 진홍지는 모를 테니까. 언니는 일부러 웃으며 내 기분을 풀어주려고 했고, 선물을 심각하게 내려다보는 나를 대신하여 상자를 열었다. 귀걸이였다. 내가 좋아하는 하늘색 큐빅이 박혀 있었다. 이때까지 홍지는 내게 생일 선물을 준 적이 없었다.

"몇 달 전에 홍지가 나한테 이걸 맡겼어. 내가 직접 너한테 전하라고 하니까, 자긴 그때 없을지도 모른다고 하더라."

홍지는 아무도 모르게 혼자서 떠날 준비를 하고 있었던 걸지도 모른다.

"우진아, 넌 홍지가 어디로 갔는지 알지?"

나는 고개를 천천히 끄덕였다. 내 생일은 매번 말해줘도 까먹는 주제에, 올해 선물을 미리 챙겨둔 걸 보면 홍지는 구멍으로 들어갈 계획까지 세웠던 것 같다. 해미 언니가 내게 물을 가져다주겠다며 방을 나갔고 나는 침대 위로 귀걸이를 던졌다. 내가 이걸 받으면 좋아할 줄 알았을까. 귀를 만져보자 한동안 관리를 하지 않아 뚫린 부위가 막혀 있었다. 이렇게 나도 모르는 새에 귓불이 막히는 것처럼, 홍지 역시 돌아오지 않는다면 결국 잊힐 것이다. 나는 홍지에게 지금처럼 화가 나지도 않고, 홍지를 그리워하지 않게 될 것이다. 홍지가 곁에 없다는 걸 받아들이게 되는 날이 올 것이다. 해미 언니가 방의 불을 켜주고 조심스럽게 물을 건네었다. 나는 한 모금 마시고 입을 열었다. 아무래도 나 홍지 만나러 가야겠어, 언니.

무엇이 필요할지 몰라서 가방에 외투와 세면도구, 담요까지 챙겼다. 여행을 가는 것처럼 느껴졌지만, 목적지가 어딘지 모른 채 무작정 떠나는 거였다. 구멍을 통과한다고 해도 홍지와 만날 수 있다는 확신이 없었다. 나는 홍지의 계획을 조금이라도 알아내기 위해서 그 애의 책상을 살펴보았다. 두 번째 서랍이 비어 있었다. 돈과 홍지가 훔친 물건들이 사라졌다. 홍지가 가지고 갔다는 생각이 들었고 문득 거실의 노트북이 떠올랐다. 그간의 인터넷 방문 기록을 살펴봐야 했다.

방문 기록에는 십 년 전에 일어난 교통사고에 관한 기사가 여러 번 조회되어 있었다. 눈이 많이 오던 저녁에, 터널에서 일어난 다중 추돌 사고였다. 음주운전을 한 승용차가 택시를 들이받으면서 그 앞의 차들도 휘말렸고 많은 부상자가 발생했다. 승용차 운전자 Y씨는 징역을 받았다. 나는 그 이름을 알았다. 유미선. 홍지의 친할머니였다. 그때 할머니와 조수석의 할아버지도 크게 다쳤다. 홍지는 그들 부부가 치료를 하고, 형을 선고받는 일련의 과정 동안 친척 집에 맡겨졌다가 쉼터로 오게 되었다. 홍지는 오로지 그사고 때문에 자신이 이곳에 살게 되었다고 믿었다. 하지만 할머니는 홍지와 헤어진 뒤로 지금까지 연락해 온 적이 없었고, 현재 둘은 서로의 소식도 모르는 상태였다.

홍지는 기사를 스크랩해두고 승용차의 이동 경로와 그때 일곱 살이었던 자신이 기억하는 것을 파일로 정리해놓았다. 할머니 부부와 홍지가 살았던 동네 위치도 적혀 있었다. 홍지가 가려고 했던 과거는 이곳이었을까. 오래전의 날짜까지 거슬러서 기록을 살펴보다가 문득 같은 말이 반복해서 검색되었다는 것을 알아차렸다. '무단 횡단', '사고,' '여자'였다. 홍지는 계속해서 비 오는 날마다 우리가 언젠가 버스에서 목격한 여자의 생사를 확인했던 것이었다. 홍지는 아무런 기사가 뜨지 않으면 안심하고, 또 세 단어가 포함된 기사가 뜨면 설마 그 여자일지 걱정했을 것이다.

그만큼 우리가 본 장면은 잊히지 않고 생생했다. 버스 기사가 욕을 하고 차들이 경적을 울려도 그때 우리는 그 여자의 편이었다. 그 여자가 다치지 않기를 바랐다. 사고가 나거나 죽지 않기를 바랐다. 그 마음이 홍지에게 자연스레 할머니를 떠올리게 했는지도 모른다. 홍지는 할머니의 사고를 어쩌면 막을 수 있다고 생각했을 것이다. 나는 가끔 노트북에 집중하고 있던 홍지를 떠올리며 자리에서 일어났다.

해미 언니에게 선생님들이 나를 찾으면 거짓말을
해달라고 부탁했다. 언니는 내가 몸살이 심해서 순미
네 집에 며칠 머물고 오기로 했다고 둘러댈 생각이었
다. 금방 들킬 핑계였지만 지금으로서는 얼른 쉼터를
벗어나 홍지를 찾으러 가야 했다. 나 또한 사라진 것
을 알고 모두가 걱정하기 전까지, 할 수 있다면 홍지
를 데리고 함께 돌아오는 게 목표였다. 나는 준비를
마친 뒤에 순미에게 연락했다. 지금 그 구멍으로 내가
들어간다고.

9

순미는 의외로 침착했다. 다짐한 나를 보고 그럴
줄 알았다는 듯이 한숨을 내쉴 뿐이었다. 해가 떠 있
어도 구멍은 빛이 들지 않아 어두웠고, 내부에서 눈이
감길 정도로 거센 바람이 불어오고 있었다. 네 엄마
도 너처럼 고집이 셌어. 귓속이 아팠지만, 그 말은 또
렷하게 들렸다. 순미가 내 앞에서 며칠 전보다 크기가
줄어든 구멍을 들여다보았다.

"꼭 가야겠어?"

고개를 끄덕였다. 오늘의 나는 순미가 어떤 말을 하더라도 넘어가지 않을 거였다. 순미 역시 더는 나를 막을 수 없다고 생각했는지 내가 떠나기 전에 알아둬야 할 것을 설명해주었다. 홍지가 들어간 구멍이니까 분명 그 애와 이어져 있을 것이고, 만약 둘이 만난다면 함께 집으로 돌아올 수 있는 유일한 방법은,

"딱 이틀 만이야. 이틀째 되는 날까지는 다시 그쪽에서 구멍을 타고 곧장 여기로 나와야 해. 기한이 지나서 네 몸보다 구멍이 더 작아지거나, 구멍이 사라지면 정말 다신 못 돌아와."

"이틀 동안 내가 홍지를 만나지도 못한다면 어떡해?"

순미는 한동안 내 얼굴을 들여다보았다.

"그래도 너는 계속 홍지를 찾아. 그땐 내가 구멍으로 들어가서 너를 데리러 올게. 무슨 짓을 해서든 집에 갈 수 있게 해줄게."

나는 고개를 끄덕였다. 어느새 할머니의 손을 꽉

잡은 나를 보고 순미가 웃었다. 나는 다녀오겠다고
했다.

내가 챙겨 온 짐은 필요 없을 거라고 했지만 그래
도 가방을 놓지 않은 채로 구멍에 다가갔다.

"도중에 다시 나와도 돼."

그럴 일은 없겠지만, 마음이 나아졌다. 구멍 입구
에 서자 소용돌이의 중심에 온 것처럼 바람이 고요해
졌고 귓속의 진동도 잦아들었다. 구멍이 나를 빨아들
이기를 기다렸다. 몸에 힘이 빠지는 순간에 다시 걸음
을 내딛자 어느새 구멍 안에 들어와 있었다. 길은 비
좁았고 가까이서 보니 사방이 검은 이끼로 뒤덮여 있
었다. 걸어가는 도중에 구멍이 작아져서 이끼들이 이
대로 나를 삼켜버릴 거라는 생각이 들었다. 겁을 먹지
않으려고 속으로 걸음 수를 세기 시작했다.

백 걸음이 넘어가니까 뒤돌아보고 싶은 마음이 들
었다. 지금이라도 몸을 돌려 뛰어나가면, 다시 백 걸
음 끝에 순미를 만날 것이다. 집에 돌아갈 수 있을

것이다. 하지만 나는 앞으로 가는 것에 집중했다. 이 길이 홍지를 향해 가는 길이라고 믿으면서. 걷다 보니 천장이 점차 높아지기 시작했다. 아케이드로 들어선 모양이었다. 아케이드는 들어온 이의 모든 기억을 흡수해서, 그가 가장 돌아가고 싶은 과거로 갈 수 있게 도와주는 공간이었다. 물론 이 구멍을 만든 어두운 기운과 사방의 이끼들도 나와 함께 가야 했다. 아케이드가 계속해서 넓어졌고 가야 할 길은 아직 먼 것 같은데 다리가 아팠다. 홍지를 생각하는 것이 내겐 이정표가 되어줄 것이었다. 나는 외투 주머니에 손을 넣었다. 가지고 온 귀걸이 한 쌍을 꼭 쥐고 우리가 함께 귀를 뚫었던 날을 떠올렸다.

그날은 쉼터의 애들끼리 돈을 모아서 영서 쌤의 결혼 축하 선물을 사기로 했다. 홍지와 나, 둘이서 시내의 지하상가로 향했다. 커플 머그잔을 사주기로 하고 돌아다녔는데 생각보다 종류가 많아서 꼼꼼히 살펴보았다. 영서 쌤이 결혼할 사람이나 신혼집에 대해서는 아는 게 없었지만, 그래도 두 사람이 사이좋게 앉아 있을 식탁을 상상해보면서 그곳에 놔두면 어울

릴만한 컵을 골랐다.

결국 우리가 결정한 것은 컵의 색이 하얀색으로
무난하면서 손잡이 끝에 연보라색 날개 모양이 달린
것이었다. 홍지가 컵을 드니까 손에 나비가 앉은 것
같았다. 선물할 거라고 말하지 않았는데도 가게 주인
은 리본을 매어주었다. 크리스마스이브였다. 우리 말
고도 선물을 고르는 이들이 많았다. 날이 어두워지자
지하상가는 사람들로 정신이 없었고, 우리는 걷다가
와플을 사 먹었다. 쇼윈도 너머의 수백 벌의 옷이 조
명을 받아 빛났다. 쉼터에 돌아가야 했지만, 우리는
귀걸이 숍 앞에서 걸음이 멈추었다. 이대로 아무것도
하지 않고, 오늘을 기념하지 않고는 집에 갈 수 없었
다. 내가 망설이는 사이 홍지가 숍 안을 둘러보고는
말을 꺼냈다. 같이 귀 뚫을래? 어쩐지 그 말은 웃겼고
나는 그러자고 했다.

검은 이끼들이 사라지고 아케이드가 환해지며 점
차 다채로운 색이 생겨났다. 서서히 입이 닫히듯이 천
장과 바닥이 합쳐지기 시작했다. 눈앞이 어지러웠지만
차가운 바늘이 귓불을 통과하고 지나갔을 때처럼, 아

프면서도 사실은 괜찮다는 생각이 들었다. 사방으로 번져 가는 빛이 겁나서 발을 멈추려고 했지만, 몸은 내 의지와 상관없이 계속해서 나아가고 있었다. 나는 눈을 감았다.

10

멀리서 사람들이 떠드는 소리가 들려왔다. 추워서 어깨가 떨렸고 이내 정신이 들었다. 나는 담벼락에 기대앉은 상태였다. 내 곁에는 우거진 수풀 사이로 방금 빠져나온 구멍이 있었다. 구멍은 내가 들어왔을 때보다 더 작아져서 이제 고개를 숙여야지 겨우 지나갈 수 있을 정도의 크기로 변했다. 나는 주위를 살폈다. 낡은 차들이 주차되어 있는 무인주차장이었다. 나는 몸을 일으켜 불빛이 새어 나오는 거리로 향했다.

포장마차가 늘어선 거리는 저녁을 먹으려는 사람

들로 시끄러웠다. 가게마다 분주하게 음식을 준비하며 전을 부치고, 야채를 볶고 순대를 썰거나 면을 건져 올렸다. 내가 살던 시대에도 퇴근하는 이들을 상대로 해가 질 때쯤 장사를 시작하는 포차 골목이 많았다. 하지만 지금 나를 스쳐 지나가는 이들의 옷차림은 내가 흔히 봤던 스타일이 아니었다. 야외테이블에서 술잔을 부딪치며 떠드는 대학생들의 말투도 낯설게 들렸고, 통화하는 여자의 휴대폰도 내가 어렸을 때 순미가 쓰던 것과 비슷했다. 사람들 역시 내가 낯설게 느껴지는지 힐끔거렸다. 배가 고파서 더는 걸을 수가 없었다. 아무나 붙잡고 시간이 몇 시냐며, 내가 그 애가 있는 과거로 온 것이 맞는지 묻고 싶었다. 그때 누군가가 나를 불렀다.

"얘, 학생."

그래. 너 말이야. 음식 냄새와 뜨거운 열기를 뿜어내는 식당들 사이로 푸른빛 천막을 지키고 선 여자가 나를 쳐다보고 있었다. 여자는 점프 수트를 입었고 키가 아주 컸다. 천막 입구에 세워진 입간판에는 '리나의 사주 운세'라고 적혀 있었다. 여자는 미소를 지으며 손가락으로 허공에 동그라미를 그렸다.

"안녕, 난 리나야. 너 멀리서 왔지?"

그게 구멍을 뜻하는 것 같아서 나는 리나에게 이끌려 천막으로 들어갔다. 한가운데 놓인 테이블에 여러 가지 물건들이 어지럽게 놓여 있었다. 가까이서 보니 전부 낡은 것뿐이었다. 리나는 나를 의자에 앉혔다.

"지금으로부터 십 년이나 거슬러 온 셈이네."

어느새 리나는 내 손금을 들여다보고 있었다. 리나의 말대로라면 내가 제대로 도착한 거였다.

"가진 돈은 있어?"

나는 고개를 가로저었다. 쉼터에서 챙겨온 돈은 쓸 수 없는 게 거의 없었다. 동전을 찾아보면 이 시대의 연도 전에 발행된 게 있을지도 몰랐지만, 그것만으로는 밥 한 끼 사 먹기도 어려울 터였다. 내 상황을 알아본 리나가 갑자기 자리에서 일어섰다.

"그럼 네 물건을 나한테 줘. 아케이드를 통과한

애들이 들고 온 물건을 사는 게 내 일이거든. 대신 낡고 사람들 손을 많이 탄 것일수록 좋아. 그러면 물건에 깃든 기운이 강해져서 내가 떼먹을 게 많으니까."

가까이서 본 리나의 입속은 구멍의 이끼처럼 검었다. 나는 들어온 입구를 살폈다. 아직 반쯤 열린 천막 사이로 지나다니는 사람들이 보였다. 자칫 위험하다는 생각이 들면 뛰어나갈 것이었다. 나는 애써 아무렇지 않은 척을 하며 리나에게로 시선을 옮겼다.

"뭘 먹어요?"

"말했잖아. 물건에 남아 있는 사람의 기운. 어느 시대나 구멍 근처에서 그런 걸 주워 먹으면서 기생하는 존재가 있거든. 나처럼 사고팔기도 하고."

리나는 말이 끝나기가 무섭게 내가 메고 있던 가방을 낚아채서 테이블에 올렸다. 안의 물건을 꺼내기 시작했다. 담요를 비롯한 옷과 세면도구가 나왔고 그중에 리나가 원하는 것은 없어 보였다.

"이것들은 별로 낡지도 않고, 네가 쓴 흔적밖에

없잖아."

리나는 한숨을 내쉬며 말을 이었다.

"며칠 전에 온 애는 너와 다르게 물건을 많이 팔고 갔어. 오히려 그게 이상했지만. 걔는 날 만날 걸 알고 있기라도 한 것처럼, 내가 좋아하는 물건만 엄청나게 가지고 왔거든. 신기하지? 대충 사정을 들어보니까 당분간 여기서 살 집을 구하던데.... 걔도 너처럼 십 년을 거슬러 왔던데?"

"걔 이름이 혹시 진홍지 맞아요?"

"글쎄. 난 사람 이름은 잘 기억 못해."

리나가 그렇게 말해도 그 애는 홍지가 맞았다. 테이블 뒤편으로 보이는 서랍장에는 홍지가 훔쳤던 손톱깎이와 손목시계, 그리고 우리 동네 치킨집 쿠폰이 놓여있었으니까. 나는 홍지의 생김새를 설명하며 그 애가 어디로 갔는지 물어보았지만, 리나는 물건을 팔지 않는 내게 신경질이 났는지 이내 가방을 쏟기 시작했다. 앞주머니가 열리고 필기도구들이 떨어졌다.

리나는 내가 다 썼지만 아직 버리지 못한 볼펜 몇 자루를 주워들고 유심히 살펴보다가 냄새를 맡아보았다.

"이건 쓸 만하네. 네가 많이 아꼈다는 게 느껴져. 한 끼 밥값 정도는 쳐줄게."

그리고 손을 넣어 가방 안을 헤집다가 요구르트 하나를 꺼냈다. 집을 나올 때 유통기한이 얼마 남지 않은 것을 보고 들고나왔던 요구르트였다. 순미가 주고 간 것이었다. 순식간에 리나의 눈이 매섭게 변했다.

"너 우유 파는 할매들이랑 친해?"

구멍을 없애는 순미는 리나 같은 이들에게 미움을 받는 모양이었다. 요구르트를 뺏으려고 했지만, 몸에 힘이 들어가지 않았다. 리나는 꼼짝 못 하는 나를 보고 웃으며 빈 가방을 바닥으로 떨어트리고 내 물건들도 테이블 밖으로 밀어내기 시작했다. 더는 지켜보고 싶지 않아서 눈을 감으려고 했을 때, 그 애가 들어왔다. 머리카락이 짧아서 처음에는 알아보지 못했다. 정신없는 와중에 몸집이 작은 애가 천막으로 들이닥쳐서 겁도 없이 리나에게 말을 건다고 생각했다. 그 애는 자신이 들고 온 낡은 모자들을 테이블에 내려놓았다. 리나는 금방 화색이 되어 모자에 달려들었다. 그 애는 얼른 내게 가까이 왔다.

"우진아! 왜 여기 있어."

나는 숏커트를 한 홍지를 알아봤다. 홍지는 나를 일으켜주었고 그제야 내 몸이 식은땀으로 젖었다는 것을 깨달았다. 리나는 모자에 정신이 팔려서 조금 전까지 내게 느낀 살의를 잊어버린 모양이었다. 리나는 홍지에게 값을 치러주고는 가라는 듯이 우리에게 손을 휘저었다. 우리는 밤거리로 나왔다. 네 짐은? 홍지가 천막 쪽으로 돌아보자 나는 그 애의 손을 이끌었다. 다시 그쪽으로 가고 싶지 않았다. 홍지는 옷소매로 내 이마의 땀을 닦아주었다.

"여기까지 왜 따라왔어. 나 때문에 온 거야?"

나는 고개를 끄덕였다. 널 만나고, 널 데리러 왔어. 오늘은 날이 늦어서 홍지가 머무는 곳으로 가기로 했다. 홍지는 내가 온종일 아무것도 먹지 못했다는 것을 알고 만둣가게에 들렀다. 가판대에 놓인 커다란 찜기에서 김이 피어올랐다. 나는 그 온기를 느끼며 차츰 정신을 차렸다. 어제까지만 해도 다시 못 볼 줄 알았던 홍지가 지금은 나를 일으켜서 땀을 닦아주고, 벽에 적힌 메뉴를 바라보면서 김치만두가 좋은지 야채 만두가 좋은지 묻고 있었다. 둘 다. 내가 대답하자 홍지가 웃었다.

홍지는 고시텔에 머물고 있었다. 매트리스와 붙박이장이 전부인 좁은 방이었다. 우리는 방바닥에 앉아 저녁을 먹기 시작했다. 홍지도 배가 고팠던 모양인지 말없이 만두를 베어 먹었다. 보일러를 틀어서 바닥이 따뜻해졌다. 홍지가 어묵 국물을 마시고 내게 그릇을 내밀었고, 나는 김이 서린 안경을 벗고 들이켰다. 몸의 긴장이 풀리자 나는 홍지에게 물었다.

"넌 어떻게 나한테 말도 없이 갔어. 내 생각은 안 했어?"

홍지는 대뜸 자신이 이곳에 오자마자 먹었던 음식

도 이 만두였다고 하면서, 맛있는 걸 먹으니까 그제야
내 생각이 났다고 했다. 홍지는 젓가락을 내려놓고
말을 이었다.

"너희 할머니한테 내가 먼저 말했어. 공사장에서
처음 구멍을 발견했을 때부터 난 과거로 돌아가서 상
황을 바꿔보고 싶었거든."

"…"

"할머니도 구멍 크기를 보더니 결국 사람이 들어
가야지 사라질 거라고 하더라. 내가 계속 조르니까 나
를 도와주는 대신 자기랑 약속을 하자고 했어."

"약속? 할머니가?"

"응. 내가 약속하니까 여기까지 오는 걸 허락하셨
어. 도착하면 어떻게 돈을 구해서 머무를 수 있는지
도 할머니가 전부 알려준 거야."

나는 국물을 한 모금 더 마셨다. 순미는 엄마에
게 아무런 힘이 되지 못했던 것 때문에 홍지를 도와

준 것일까. 둘 사이에 내가 몰랐던 일이 있었다는 것을 깨닫자 복잡했다. 홍지는 내 표정을 살폈다.

"때가 되면 너한테도 말하려고 했어. 싸우고 홧김에 떠나게 될 줄은 몰랐지만."

그렇다고 내게 미안하지는 않은 것 같았다. 홍지의 눈동자에 흔들림이 없었다.

"그러면 만약 잘못될 경우에는 네가 어떻게 되는지도 알아?"

"응."

영원히 집에 돌아가지 못할 것이다. 우리는 구멍을 지나 과거에 도착한 대신, 그 안의 기운들이 도망칠 출구를 만들어준 것이나 다름없었다. 막힌 수챗구멍을 뚫으면 순식간에 물이 흘러나가는 것처럼, 지금도 내가 나온 곳으로 부정적인 기운들이 계속 빠져나오고 있을 것이었다. 내일이면 구멍이 완전히 사라졌다. 그때까지 집에 가지 못하면 우리는 원래 살아가는 곳과는 전혀 다른 시간에 갇힌 채로 평생을 헤

매야 한다. 우리의 이름과 나이를 제대로 기억해주는 이들이 없는 곳에서 사라지게 될지도 몰랐다. 홍지는 자리에서 일어나서 벽에 걸린 달력을 쳐다보았다.

"지금까지 잘못된 건 없어. 하지만 내일이면 어떻게 될지 모르지."

내일은 홍지 할머니의 사고가 일어나는 날이었다.

"나는 사고를 막을 거야. 그러려고 여기까지 왔으니까. 넌 날이 밝자마자 다시 구멍을 넘어가."

"싫어. 나도 너만 두고 갈 수 없어. 나도 너랑 같이 갈 거야."

홍지는 한숨을 내쉬었다.

"우진아, 너는 왜 이렇게 나를 신경 쓰는 거야?"

"그야 너는... 내 가족인걸."

나는 가시를 삼킨 것처럼 속이 아팠다. 복지관에서 우리를 오랫동안 본 동네 어르신들은 홍지와 내가 친자매나 다름없다고, 그러니 서로 아껴주며 지내라고 했지만 나는 한 번도 홍지를 내 동생이나 언니로 생각한 적이 없었다. 하지만 이번에는 내가 홍지에게 고백하려는 마음을 참으며 직접 그 핑계를 댄 것이었다.

"내 가족은 할머니야. 그리고 내일은 아무도 다치지 않을 거야."

나도 홍지의 말대로 되기를 바랐다.

"근데 너 땀 냄새 심하다."

홍지는 다 먹은 음식을 치우고는 샤워실의 위치를 알려주었다. 나는 물때가 낀 타일 바닥을 내려다보면서 오래 물줄기를 맞았다. 여긴 홍지의 과거다. 우리가 상황을 바꾸면 돌아가야 하는 현재와 지금의 홍지 역시 변하게 될 것이다. 홍지의 선택이 결국 우리를 갈라놓을지도 모른다. 여기까지 걸어오면서 내가 생각했던 최악은 바로 그거였다. 우리가 집에 가지 못하는 것보다, 시간을 헤매게 되는 것보다, 홍지가 나를 잊어버려서 결국 우리가 서로에게 어떠한 의미도

각지 못한 채로 각자 살아가게 되는 것이다.

　나와 마찬가지로 씻고 나온 홍지가 머리를 털어내며 내 곁에 앉았다. 쉼터에서는 이층침대를 썼기 때문에 둘이 매트리스에 나란히 앉는 건 오랜만이다. 홍지는 수건으로 물기를 마저 닦아냈다. 그동안 긴 머리 때문에 가려져 있던 목덜미가 보였다. 홍지만큼이나 홍지의 몸도 좋았다. 홍지가 로션을 건넸다. 이것도 여기서 산 거야? 내가 물어보았지만 그 애는 잠자코 내 뺨에 손을 가져다 댔다. 자신이 때려서 부어오른 볼을 쓰다듬다가 로션을 발라주었다. 그만 자자. 한참 뒤에 홍지가 입을 열었다.

11

　다음 날 해가 지고 난 뒤에 길을 나섰다. 우리는 근처 시장에서 목도리를 사서 둘렀다. 어제 봤던 포장마차 길목을 지나고, 만둣가게를 지나서 사람들이 많은 번화가를 걸었다. 십 년 전, 우리는 일곱 살이었다. 아마 지금쯤 홍지는 지인의 집으로 저녁을 먹으러 간 할머니를 기다리고 있을 것이고, 나는 아직 순미와 둘이서 살고 있을 것이다. 우리는 낯설면서도 어쩌면 어렸을 때 한 번 보았을지도 모르는 풍경을 걸었다. 홍지의 과거를 바꾸기 위해서였다. 훗날 쉼터에서 이루

어질 우리의 만남을 지우기 위해서였다. 나는 날씨가 춥고, 할머니의 사고로 홍지가 너무 먼 시간을 돌아왔으니까, 홍지가 원하는 대로 오늘이 끝나기를 바랐다. 이 순간 홍지의 곁에서 걷고 있는 건 나니까, 나중 일은 아무래도 상관없이 느껴졌다.

우리는 버스에 타서 우리가 살던 시간에 비해 훨씬 저렴한 요금을 냈다. 손잡이를 잡고 서는데 트로트가 흘러나왔다.

'철쭉꽃이 피는 언덕 마음의 고향. 흰 구름도 쉬어 가는 곳. 여기에 행복이 기다리고 있어요. 아아, 고향은 멀어도 돌아와 주세요.'「고향은 멀어도」

우리는 그 가수를 알았다. 나이 든 그의 모습을 기억하고 있었다. 우리가 웃는 동안 버스는 도로를 달려서 단독 주택이 모여 있는 동네에 멈춰 섰다. 홍지는 적어온 주소를 보며 할머니 지인의 집을 찾았다. 날이 어두워지고 가로등이 커졌다. 발걸음이 급해지기 시작했다.

홍지는 할머니를 생각할 때면, 그녀가 항상 늦게까지 잠들지 못하고 이불을 뒤척거리던 모습이 떠오른다고 했다. 홍지 할머니는 집안의 뜻으로 유학을 포기하고 이른 나이에 결혼했고, 죽은 아들이 남기고 간 손녀를 돌봐야 했다. 어린 홍지의 눈에도 할머니는 어딘가 아슬아슬하고 불안한 사람이었다고 했다. 앞서가던 홍지는 어느 집 앞에서 멈추었고 대문을 올려다보았다. 그 너머에 홍지의 가족이 있었다. 차 한 대가 근처를 지나가고 별안간 주위가 조용해지자 사람들의 말소리가 들려왔다. 웃으며 잔을 부딪치는 소리도 들렸다. 홍지는 안으로 들어가고 싶은 걸 참고 있었다. 그들 중에 우리는 알아보는 사람은 없을 거였다. 우리는 홍지의 할머니를 놀라게 할 것이고, 저녁의 침입자가 될 것이다. 홍지가 가만히 있는 게 무서워서 나는 그 애의 팔을 잡아끌었다.

"어떻게 할 거야?"

"저 불이라도 꺼버리고 싶어."

홍지를 따라 고개를 들어보니 주택의 2층 창문으

로 천장의 샹들리에가 보였다. 새어 나오는 빛은 무해하고 따뜻해 보였다. 정말 돌이라도 던질 기세로 홍지는 주위를 두리번거리다가 이내 주택 뒤편의 차고를 찾았다. 우리는 몸을 숙여 반쯤 내려와 있는 셔터를 통과했다. 홍지 할머니의 차가 주차되어 있었다. 지금은 멀쩡했지만 오늘 밤이면 범퍼가 날아간 채로 찌그러져 기사에 실릴 예정이었다. 홍지는 가방에서 기다란 것을 꺼내 들고 차 앞쪽에 붙어 섰다. 바람 빠지는 소리가 났고 다시 몸을 일으킨 홍지는 송곳 드라이버를 들고 있었다. 홍지는 타이어에 구멍을 내기 시작했다. 나는 얼른 홍지의 가방을 들어주었다.

기온이 영하로 떨어져서 타이어 표면이 단단하게 얼어붙었기 때문에 구멍을 내기가 쉽지 않았다. 마지막 타이어는 내가 힘을 주어 여러 번 찔렀다. 완전히 타이어의 숨이 죽기를 기다리는데, 차창으로 대시보드 위에 부착된 코알라 인형이 보였다. 자세히 보니까 코알라 인형은 액자를 껴안고 있었고, 그 안에 분홍 원피스를 입은 여자아이의 사진이 있었다. 저거 너 아니야? 내 말에 홍지가 차 안을 들여다보았다. 사진의 크기가 작아서 얼굴을 확인하기 어려운 데도, 나는 그 아이가 홍지라고 생각했다. 홍지가 웃지 말라고 하면서 내 등을 때렸다.

홍지 할아버지는 늘 취하면 아내에게 차 열쇠를 맡기는 사람이었다. 아내가 운전하거나, 대리운전을 부르든 신경 쓰지 않고 조수석에 누워서 코를 골며 잠을 잤다고 했다. 오늘도 할아버지는 만취 상태가 되어 사고에 대해 아무것도 기억 못 하지만, 할머니는 당신의 잘못을 곧바로 인정할 거였다. 이건 몇 년 뒤에 홍지가 친척으로부터 전해 들은 얘기였고, 훗날 홍지를 통해 나도 알게 된 거였다. 하지만 오늘, 홍지 할머니가 취했는데도 불구하고 왜 운전대를 잡았는지는 모른다. 우리는 할머니의 속사정에 대해서 모른다. 다만 우리가 할 수 있는 일은 아무도 이 차를 운전할 수 없게 만드는 것이었다. 줄어든 타이어를 마지막으로 확인한 홍지가 나를 이끌었다. 우리는 그 집을 나왔다.

홍지는 버스 정류장까지 나를 데려다주고 구멍으로 향하는 길을 알려주었다. 너 먼저 가. 그 말에 나는 걸음을 멈추었다.

"난 오늘 사고가 나지 않는지 내 눈으로 확인해야
겠어."

내가 붙잡았지만 홍지는 고개를 가로저었다.

"네가 가야지 내 마음이 편해."

집으로 통하는 구멍은 더 작아져 있을 것이었다.
우리 몸보다 작아지기 전에 그 안으로 들어가야 했다.
이제 자정까지는 얼마 남지 않았다. 초조해하는 나와
달리 홍지는 태연하게 내 목도리를 둘러 매주었다.

"오늘 나랑 있어 줘서 고마웠어."

홍지는 손을 놓으려고 했다. 나는 힘을 주었다.

"이럴 거면 우리 같이 가지 말자."

홍지의 눈동자가 커졌다.

"너는 내 엄마가 정말로 죽었다고 생각해?"

"...."

"난 아니야. 나는 엄마가 아빠를 만나서 우리처럼 사고를 막았다고 믿어. 그래서 둘이 내가 모를 정도로 먼 시간까지, 먼 곳까지 가서 지금까지 잘살고 있다고 믿어. 그러니까 네가 안 가는 거면 나도 안 갈 거야. 난 너랑 여기 있어도 돼."

추워서 어깨가 떨리자 홍지가 나를 안아 등을 쓸어주었다. 버스가 지나갔고 우리는 한동안 정류장 벤치에 앉아 있었다. 찬바람에 머리카락이 흩날렸다. 나는 이곳에 와서 홍지를 만났고, 홍지가 사는 곳에 가서 만두를 먹었다. 지금도 홍지가 사준 목도리를 매고 있다고 생각하니까 이상하게 차츰 마음이 침착해지기 시작했다.

"우진아, 내가 너희 할머니랑 약속했다고 했잖아."

"응."

"우리도 약속하자. 네가 가면 나도 반드시 집에 돌아갈 거야."

나는 대답하지 않았다.

"할머니랑은 무슨 약속 했는데?"

뜸을 들이다가 물어보는 게 겨우 그런 거냐는 듯
이, 홍지는 미소를 지으며 나를 쳐다보았다.

"다시 돌아오게 되면 너랑 그만 싸우래. 괴롭히지
말고 사이좋게 지내라고 하더라."

홍지는 잠시 다른 곳으로 시선을 옮겼다가 다시
눈을 마주쳤다.

"넌 어때. 나랑 살면서 힘들었어? 우리가 이때까지
서로를 괴롭혔다고 생각해?"

차 몇 대가 도로를 지나갔다. 아니라고 말해야 했
는데 입이 떨어지지 않았다. 홍지가 내게 손을 뻗어
어느새 턱까지 흐른 눈물을 닦아주었다. 나는 홍지에
게 늘 하고 싶었던 말이 있었다. 언젠가 하게 될 것이
라고 생각했지만, 그 말은 소중해서 오히려 말할 수
없었다. 아무 데서나 말하고 싶지 않았다. 여러 번 말

하고 싶지도 않았다. 그 말은 홍지와 다투면서 내가 계단에서 내뱉었던 말과는 전부 반대가 되는 말이었다. 홍지가 내게 입을 맞추었다. 어린애들한테 하는 것처럼 가볍게. 홍지의 뺨에 물기가 묻어서 놀랐지만 이내 나는 신경 쓰지 않고 다시 입을 맞추었다. 우리의 뺨이 서로에게 닿는 동안 버스가 지나갔다.

12

기운들이 사라진 구멍은 표백된 것처럼 투명한 색을 띠고 있었다. 안으로 들어갈수록 공간이 넓어지기 시작했다. 곧 아케이드가 나올 것이었다. 주위가 환해지며 천장이 붉은빛으로 변하고, 바닥은 짙은 푸른빛이 되었다. 모든 것의 경계가 뒤섞이며 오묘한 색들이 생겨나기 시작했다. 처음 이곳을 통과했을 때와는 사뭇 달라진 상황에 겁이 났다. 우리의 과거가 바뀌면서 그 후의 시간 역시 변하고 있었다.

갑자기 숨이 막혀서 나는 어느 지점에 멈춰 섰다.

순미는 분명 갈 때보다 돌아오는 여정이 더 힘들 거라고 했다. 우리의 현재가 어떻게 바뀌어 가는지, 걸으면서 깨달을 거라고 했다. 나는 크게 숨을 들이켰다. 나는 약속 때문에 무사히 집에 가야 했다. 그리고 다시 귀를 뚫어 선물 받은 귀걸이를 껴봐야 했다.

힘을 주어 걸음을 내디뎠다. 붉은빛이 내 머리를 비추었다. 나는 빛 아래를 통과하면서, 오늘 밤 홍지의 할머니가 타이어가 망가진 것을 확인하고 당황하며 택시를 타고 집에 돌아가게 된다는 것을 알게 되었다. 사고는 일어나지 않았다. 그리고 한 걸음 더 내딛자 이번에는 홍지가 중학생이 될 때까지 할머니 부부와 함께 산다는 것을 알게 되었다. 하지만 홍지는 할머니와 성격이 맞지 않아 싸우기도 하며, 친척 집에 가서 지내다가 결국 쉼터에 들어오게 되었다. 나는 계속 걸었다. 우리는 또 쉼터에서 처음 만났다. 하지만 홍지는 단기 입소가 끝나자마자 이혼한 할머니를 따라 거제도로 이사를 떠났다. 어느새 노란빛이 내 발끝을 비추었다. 내가 알던 순간들이 하나씩 사라졌다. 홍지는 나와 같은 고등학교에 입학한 적이 없고,

친구들과 어울리며 시내를 돌아다니지 않았고, 내가 일하는 카페에도 찾아오지 않았다. 여름날 해미 언니를 찾으러 빨래방에 간 건 나 혼자였다. 계단에서 싸웠던 일 또한 사라지며 이제 우리는 서로에 대해 아는 것보다 모르는 것이 더 많은 사이가 되었다. 발은 저절로 움직였다. 나는 수많은 색깔의 빛을 스쳐 지나가면서 홍지와 내가 다시는 입을 맞추지 않을 거라는 사실을 온몸으로 받아들이기 시작했다.

빛은 계속 천장과 바닥에서 흘러내리며 하나의 색으로 섞였다. 인기척이 느껴졌고 나는 고개를 들었다. 어떤 여자로 보이는 뒷모습이 내 앞을 걸어가고 있었다. 나는 그 뒷모습을 기억했다. 그녀는 비가 오던 날처럼 거침없이 나아갔다. 왜 잊히지 않을까. 나는 이때까지 길에서 봤던 여자들을 떠올렸다. 4차선 도로를 가로지르거나 거리를 걸으며 혼잣말을 중얼거리고, 무단횡단을 하는 여자들. 눈에 띄는 남에게 욕을 먹는 여자들. 그런데도 스스로가 다치도록 내버려 두는 여자들. 나는 빠른 속도로 그녀에게 다가갔다. 그때 버스에서 내가 바랐던 것은 그녀가 무사히 집에 돌아가는 것이었다. 나는 점점 그녀와 가까워지며 통과했다. 내가 앞장서서 집에 가는 것을 그녀에게 보여줄 것이었다. 나를 따라올 수 있도록. 그녀가 내게 한 발짝 다가왔다는 느낌이 들자 이때까지 힘을 주고 있었던 눈이 감겼고 이내 환한 빛 속으로 들어섰다.

13

내가 눈을 뜬 건, 구멍을 나온 지 일주일이 지나서였다. 순미는 부지에 쓰러져 있던 나를 발견해서 병원으로 데려왔다. 깨어난 뒤로 나는 며칠 동안 아무것도 하지 않고 잠을 잤다. 배가 고프면 밥을 먹고 다시 침대에 누웠다. 순미는 병문안을 온 소라와 진희, 해미 언니에게 내가 먼 길에서 돌아와서 피곤하다고 말하며 돌려보냈다. 깊은 잠을 몇 번 더 자고 일어난 후에, 나는 순미에게 지금 홍지가 어디에 있냐고 물었다. 내가 들고 왔던 목도리도, 주머니 속의 귀걸이도 사라졌다.

"이곳에 네가 알던 홍지는 없어. 홍지의 과거가 바뀌었으니 그 애는 전의 기억을 다 잊어버렸을 거야."

지금의 홍지는 나를 단기 쉼터 생활을 하며 잠깐 만났던 친구로 기억하고 있을 거였다. 나는 이불을 걷고 침대 밖으로 나갔다. 땅에 발이 닿는 감각이 새삼스럽게 느껴졌다. 창문을 활짝 열었다. 찬바람이 나를 와락 껴안는 것처럼 거세게 불었다. 나는 한동안 그 자리에 서서 병원 건물 너머 도로와 시내의 야경을 내려다보았다.

퇴원하고 쉼터로 돌아와서도 나는 영서 쌤을 비롯한 어른들에게 홍지에 대해서 물어보았지만, 다들 홍지를 이곳에 일주일 정도 머물렀던 애라고 흐릿하게 기억할 뿐이었다. 홍지의 이름이라도 아는 걸 다행이라고 생각해야 하는 건지도 몰랐다. 과거가 바뀌었더라도 모두의 인연이 완전히 끊어지지는 않았다는 것이니까. 나는 우리 방에 홍지의 물건이 전부 사라진 것을 확인하고 주저앉았다. 이제 홍지는 바라던 것을 이루고 할머니와 함께 산다고, 그러니 구멍을 통과하며 결심했던 것처럼 이 상황을 이해해야 한다고 생각했지만, 몸에 힘이 빠졌다.

그때였다. 고양이 울음소리가 들렸다. 아기 고양이가 문지방을 밟고 서서 나를 쳐다보고 있었다. 털의 무늬와 색이 어디서 본 것 같았다. 나는 한동안 공터에서 사라져서 걱정했던 아기 고양이라는 것을 알아차렸다. 소라와 진희가 방으로 들어와 나를 힐끔 쳐다보았다.

"언니 없는 동안 우리가 대신 길고양이 밥 챙겨주러 다닌 거 알아? 그러다가 공터 근처에서 얘를 만났어. 엄마도 없이 혼자 다니길래 우리가 입양하기로 했어."

소라는 고양이를 안아 내게 건네주었다. 나는 고양이를 쓰다듬었다. 과거가 바뀌었기 때문에 새롭게 만나게 된 인연이었다. 이름은 지었어? 내가 묻자 둘 다 고개를 저었다. 나는 아기의 이름을 생각해 보기로 했다. 이름을 짓고, 우선 고양이가 자라는 걸 지켜보면서 지내보자고 마음먹었다. 고양이는 가만히 내 손길을 받다가 지겨웠는지 나를 할퀴었다. 때마침 집으로 들어오는 해미 언니가 자신에게로 뛰어오는 고양이를 보고 놀라서 소리를 질렀다. 우리는 동시에 웃음을 터트렸다.

에필로그

오랜만에 진희에게서 연락이 왔다. 아기 고양이 다섯 마리가 태어났다고 했다. 거처를 옮긴 이후로 나는 진희를 통해서 간간이 쉼터 소식을 전해 듣곤 했다. 올해 봄에는 동생들이 중학교에 입학했다는 얘기를 들었고, 초여름에는 길고양이였을 적의 습관이 여태 남은 하루가 복지관을 어슬렁거리며 산책하는 날이 잦다가 결국 임신 진단을 받았다는 얘기를 들었다. 진희의 목소리는 명랑했다. 내게도 어떻게 지내냐고 물었는데 그때마다 나는 시답지 않은 근황을 들려주었다. 요즘은 커피 말고도 진하게 우려낸 녹차를 자주 마신다. 영어든 수학이든 문제집을 붙잡고 고집 스레 문제를 푸는 게 처음으로 재미있다고 느꼈는데, 기말 성적은 여전히 오르지 않았다. 새로운 동네가 좋은 건 집에서 만화방이 가까이 있다는 건데, 가끔 슬리퍼를 끌고 가서 만화책이 담긴 비닐봉지를 손에 달랑거리면서 집에 돌아온다. 겨울이 되고 나서 살이 많이 쪘는데도 이상하게 마음이 괜찮다.

하루의 배가 불러와서 예민해지기 전에는 쉼터에 놀러 가서 간식을 챙겨주곤 했다. 하루는 가끔 나타나서 자신을 반가워하는 나를 경계하면서도 이내 손길을 받아들였다. 일 년 전, 나는 구멍에서 돌아온 후에도 악몽에 시달렸다. 끝도 없이 이어지는 길을 걷다가 잠에서 깨면 이곳이 내가 사는 쉼터가 맞는지 한동안 주위를 살펴봐야 했다. 텅 빈 위층 침대를 집요하게 바라보기도 했다. 금방이라도 그 애가 내가 있는 쪽으로 고개를 내밀고 무슨 꿈을 그렇게 요란하게 꿨냐며, 아무렇지 않게 물어볼 것만 같았다. 나는 그럴 때마다 하루가 내는 소리에 귀를 기울였다. 하루의

심호흡과 잠결에 내는 울음소리가 지금의 상황을 온
전히 인지할 수 있도록 도와주었다. 밤이 아니라 낮에
멍한 상태가 될 때도 나는 하루를 안아보다가, 하루
가 내 품을 벗어나려고 발톱을 세우면 그제야 정신이
들어서 밥을 먹고 몸을 씻었다. 순미는 아마 구멍을
통과한 후유증일 거라고 했지만 이쯤이면, 나는 다행
이라는 생각도 들었다. 내게 주어진 시간은 앞으로도
다리가 아플 만큼 길 것이었다. 진희는 아기 고양이
들의 입양처가 정해지기 전에 와서 안아 보라고 했다.
아기들이 하루를 똑 닮아서 갈색과 흰색이 섞인 털
뭉치 같다고. 해미 언니도 부를 테니 오랜만에 다 같
이 만나자고 했다.

올해가 얼마 남지 않은 주말 아침, 나는 내가 살
았던 집으로 향했다. 지하철을 타고 가서 마을버스로
환승하니 곧 창밖으로 익숙한 동네가 펼쳐졌다. 내가
순미를 설득해 거리가 떨어진 곳으로 이사 가게 되면
서, 결국 일을 그만둬야 했던 카페가 눈에 띄었다.

이 근방은 주로 혼자 걸어 다녔지만 가끔은 나를
마중 나온 동생들과 편의점에서 간식을 사 들고 집에

가기도 했고, 늦게까지 공부하는 해미 언니에게 줄 커피를 들고 서둘러 걸음을 옮기기도 했다. 어느 날엔 영서 쌤의 차를 타고 퇴근했고, 버스 정류장에 앉아서 그 애와 이대로 조금만 더 있었으면 좋겠다고 바랐던 날도 있었다. 나는 창문 너머 풍경을 지나쳤다. 시간을 확인하려고 휴대폰을 보자 바닷가의 일출 사진이 도착해 있었다. 순미였다. 최근에 순미는 몇십 년 동안, 아니 몇백 년 동안 해왔던 일을 쉬고 혼자 여행을 떠났다. 순미의 첫 휴가인 셈이었다.

그런데도 멀리서 지켜보는지 가끔 내 생활에 참견하고 걱정했지만, 그래도 내가 구멍에서 무사히 나온 뒤로는 안심하는 것 같았다. 당신이 생각하는 것보다 나는 씩씩했다. 하지만 그런 모습은 나의 일부일 뿐이었다. 아케이드에서 끝없이 섞이는 오묘한 색처럼 나에게도 내가 모르는 여러 가지 면이 엉켜 있을 것이었다. 그렇게 생각하는 게 지금으로선 도움이 되었다. 하품하면서 창문 안으로 쏟아지는 빛을 받았다. 나는 버스 좌석에 기대 짧은 잠을 잤다.

버스 정류장에 도착하자 복지관 정문에서 소라

가 나를 불렀다. 나보다 먼저 도착한 해미 언니도 소라 곁에서 손을 흔들었다. 언니는 내 볼을 꼬집더니 얼른 올라가자고 했다. 해미 언니 역시 다니는 대학교와 통학하기 좋은 곳으로 쉼터를 옮긴 상태였다. 대학 생활이 재미있는지 요즘은 곧 고삼이 되는 나에게 공부하라며 잔소리를 하곤 했다. 떠들며 쉼터로 가는 도중에 소라가 나를 돌아봤다.

"아, 근데 우리 말고도 한 명 더 왔어. 예전에 쉼터에 잠깐 머물렀던 언니인데, 내가 복지관 홈페이지에 고양이 입양처를 구한다고 글을 올리니까 연락이 왔더라. 자기도 한 마리 데려가고 싶다고."

나는 현관문을 열었고, 거실에서 고양이를 쓰다듬고 있는 진희와 그 애를 만났다. 그 애는 한 번도 본 적 없는 차림으로, 블라우스에 남색 원피스를 입고 아기 고양이들을 만지며 얘기하고 있었다. 그 애는 시선을 옮겨서 신발 벗는 것도 잊고 서 있는 나와 눈을 마주쳤다. 무언가를 기다리는 내 표정을 읽은 건지 어색하게 웃으며 인사를 건넸지만 내가 아무런 말이 없자 곧 낯선 이를 보는 것처럼 그 애의 미소가 서서히 지워졌다.

아기들은 하루를 닮아 흰색 장화를 신은 고양이
도 있었고, 등과 꼬리가 짙은 밤색 털로 덮인 고양이
도 있었다. 쉼터에서 홍지가 사는 곳까지 멀어서 아기
를 데려가는 게 걱정이라며 애들이 떠드는 동안 나는
구석에 웅크려 있는 하루를 쳐다보았다. 사람들이 많
아서 담요 안으로 몸을 숨기는 것 같았다. 자리에서
일어서는 나를 홍지가 불렀다. 어디 가? 나는 하루가
좋아하던 참치 맛 츄르를 사러 간다고 했다.

우리는 동네 편의점에서 츄르와 간식을 샀다. 쉼
터로 돌아가야 했지만 홍지는 길을 꺾어 주택가로 향
했다. 나는 말없이 따라갔다. 홍지가 자꾸 주위를 둘
러보느라 멈춰 섰고 그때마다 나는 기다렸다. 비타 슈
퍼 앞의 오른쪽 샛길을 올라갔다. 길의 경사가 가파
른 것 같아서 홍지를 돌아보니까, 그 애는 구두를 신
은 발이 불편한지 숨을 고르고 있었다. 나는 괜찮은
지 물었다. 홍지는 고개를 끄덕였다.

"괜찮아."

더 멀리 가도 좋아. 우리는 산동네를 걸었다. 다닥다닥 붙은 주택들의 마지막 한 집이 보일 때까지, 멀리 이어진 길이 우리의 발밑에서 끝날 때까지. 실컷 걷다가 지쳐서 우리는 공터로 들어갔다. 벤치에 앉아 이때까지 우리가 지나친 골목을 내려다보는데 홍지가 오늘, 하고 입을 열었다.

"이 동네에 들어설 때부터 왠지 기분이 이상하더라. 분명 중학생 때 잠깐 왔던 곳인데 낯설지 않고 길이 익숙해. 우진아 혹시..."

우리가 예전에도 이렇게 걸은 적이 있냐고 홍지는 물었다. 순간 홍지의 긴 머리카락이 바람에 흩날렸다. 홍지가 손으로 머리를 쓸어 넘겼다. 좀 잘라야겠다. 너무 불편해. 인상을 찌푸린 홍지를 보고 내가 말했다.

"넌 짧은 머리도 잘 어울려."

홍지가 웃음을 터트렸다.

"그걸 네가 어떻게 알아."

나는 어깨를 으쓱이며 네가 머리 자른 모습을 보고 싶다고 했다. 우리를 기다리는 이들이 있기에 홍지와 나는 벤치에서 일어났다. 지금부터는 왔던 길을 되돌아가야 했다. 우리는 길의 입구에 섰다. 바람 한 줄기가 이번에는 내 뺨을 부드럽게 스치고 갔다. 힘이 생겼다. 왜 자꾸만 힘이 생기는 걸까. 생각하는데 홍지는 내가 머뭇거리는 것처럼 보였는지 문득 앞으로 걸어 나가기 시작했다. 내 손을 잡고.

작가의 말

2017년 여름, 나는 지역아동센터에서 실습하며 아이들을 만났다. 우리는 떠들고 공부하고 놀았다. 노래방에서 춤추고 나와서 아이스크림을 먹으며 버스를 기다렸다. 그때 우리가 나누었던 얘기와 농담을 이제는 잊었지만.

내가 출근할 때 비어 있던 신발장은 센터에 들어오는 아이들로 인해 채워졌다. 저녁이면 신발장이 가득 차서 운동화나 슬리퍼가 바닥까지 나와 있었다. 집에 돌아갈 시간이 되면 아이들은 다시 신발을 찾아 신고 각자의 길로 사라졌다. 그 장면을 떠올릴 때마다, 꼭 그렇게만 결론짓지 않으려고 노력하는데도, 매번 아름답고 소중하게 느껴졌다. 소중한 것을 호들갑 떨면서 자꾸 얘기하고 싶은 마음이 이 소설에 담겼다.

가는 아이에게 용기를 주고 책 표지에 조그맣고 멋진 구멍을 뚫어준 김영미 편집자님과 21세기 여성 출판사에 감사의 말을 전한다. 곁을 지켜준 부모님과 나랑 싸우고 놀아주는 친구들, 그리고 내가 글을 쓰는 동안 열아홉에서 스무 살이 된 동규에게도. 그리고.

어린 나를 돌보며 프레쉬 매니저 일을 했던 할머니에게. 그땐 우유 박스를 실은 손수레를 직접 끌면서 동네를 돌아다녔다. 나는 할머니를 따라 걷다가 지치면 수레에 올라타서 내 무게까지 더하곤 했다. 그런데도 당신은 내게 사랑을 주었다.

2022년 5월
이정민